爱自己是终身浪漫的开始

张雨薇◎著

中国出版集团 现代出版社

图书在版编目（CIP）数据

爱自己是终身浪漫的开始 / 张雨薇著 .-- 北京：
现代出版社，2019.1

ISBN 978-7-5143-6817-8

Ⅰ.①爱… Ⅱ.①张… Ⅲ.①散文集－中国－当代
Ⅳ.① I267

中国版本图书馆 CIP 数据核字（2018）第 198899 号

爱自己是终身浪漫的开始

作　　者	张雨薇
责任编辑	杨学庆
出版发行	现代出版社
通讯地址	北京市安定门外安华里 504 号
邮政编码	100011
电　　话	010-64267325　64245264（传真）
网　　址	www.1980xd.com
电子邮箱	xiandai@vip.sina.com
印　　刷	三河市燕春印务有限公司
开　　本	880mm×1230mm　1/32
印　　张	7
版　　次	2019 年 1 月第 1 版　2019 年 1 月第 1 次印刷
书　　号	ISBN 978-7-5143-6817-8
定　　价	39.80 元

目　录
Contents

前　任

"为什么，最好的爱情给了一场无疾而终的收场？为什么，如此完整的我却给了自己一个再也不能坦然面对的支离破碎？又是为什么，从此以后，我们都丧失了爱的能力？"

去年年底，因缘际会，认识了处女座的L先生。可能因为金牛和处女在一起的时候，都比较容易看到对方骨子里藏着的底线，聊起天来，也是直白又犀利。

我们两个人第一次见面的那天晚上，坐在灯火通明的人群里吃茶，我告诉了他很多秘密，也许我太久没有和谁说过心里话，也许当时觉得反正一面之缘，聊这些也没有什么后顾之忧，所以也就坦坦荡荡地直抒胸臆。

不过后来我们又聊了很多场，两个人你来我往毫不退让。处女座天生的善辩，点燃了我上升星座中狮子和处女结合的熊熊烈火，我在心里说这个男人，怎么总是有这么多奇奇怪怪的道理，并且没有一个道理是站在我的认知之上，简直岂有此理，于是越战越勇，防线全失。论逻辑和诡辩，处女座更胜一筹。

我们聊阴谋论，我们聊世界未解之谜，我们聊股票，我们聊经济，然后在某些酒意盎然的夏夜，我们聊感情。上周股市华丽地跳了水，郁闷的L先生断了健身的念想，在大雨将至的傍晚被我忽悠着喝了三大扎啤酒。我虽然喝啤酒不灵光，但是烤肉烤得风生水起，手里一边把夹子挥得上下翻飞，一边和L先生全面阐述着彼此的世界观、价值观。突然，"啪嗒"一下，神经搭错线，我们开始聊前任。

跟L先生聊天是个绝对锻炼忍耐力的运动，因为他那种天外飞仙式的诡辩，以我这种一张嘴能顶三张的聊天功力也得是惨败走麦城。那天我们辩论的论题，是为什么你宁可帮前任，也不帮眼前人。

这个问题问完之后，L先生跑去买烟，我一个人对着燃尽的炭火，翻找着人生认知里的全部论点和论据。但其实到后来，我也没有回答得很完满。我说可能因为舍不得吧，可能因为彼此是最熟悉的陌生人；可能因为彼此曾经过了一段无法追回的时光；可能当年分手的时候，彼此都有做错的地方所以很想借机会补偿一下对方；可能，爱情本身就没有什么道理可讲吧。

为什么，最好的爱情给了一场无疾而终的成长？为什么，最完整的自己给了一个再也不能坦然面对的人？又是为什么，到了一定的时间，我们都丧失了爱的能力？鬼知道。

我告诉L先生，前任在很大的意义上，已经不仅仅代表他自己，还代表我们在他身上倾注的岁月。所以他返回头来找我的时候，无论他说什么，我们可能都没有办法理

智地思考。L先生说，那就是还有感情。我笑，其实并没有什么太多的感情，但是老情人之间，有他们绕不过去的坎儿。

我并不知道所有人在遇见前任的时候，会怎么去处理，会不会心平气和地去谈论天气和近况，会不会在自己力所能及的事上对他施以援手，还是心中仍旧疼痛，隐忍地微笑，努力地避嫌。

不过活久了就会知道，这生活，是个圆，走了的人会再回来，旧事也会被重提，遇见的人，做过的事，每一样都好好地存在在这世界上，之所以他们退出了你的生活，只不过是因为你们彼此换了存在的位置，互相看不见了而已。但在无数平行的世界里，他好好的，你也好好的。

所以其实无论当时因为什么分道扬镳，再想起来的时候，怀念也大过怨念吧。年轻就这么一次，洒脱的爱也就这么一场。结局不理想，我们都很失望，可是当生活回到原本的模样，彼此还是会不自知地挂念。一旦第一场感情开始，我们每个人都是前任病毒携带者，无一例外。

至于为什么前任是道难以逾越的高墙，我无法解释。但是我总觉得，让现任忘记前任，是件很残忍的事情。因为我自己本身就很难忘记曾经动过的情，而人，大部分都是多情的。每一段感情都是灵魂的一部分，压抑了某些感情，人的灵魂是不完整的。当然也不是说，仗着这种论点就可以和前任纠缠不清，想念和纠缠，是两种完全不一样的状态。

我很喜欢夜晚，因为夜晚是属于每个人自己的。夜里你可以做很多私密的事情，其中就包括怀念旧人。翻翻老照片，拿出珍藏的信件字条看看当年稚嫩却无比勇敢的爱情，为了成长和物是人非流下眼泪。

一个人，他爱过，爱得义无反顾过，无论这个对象是谁，说明他心中住着爱，说明之前的岁月他无怨无悔地活过。也许作为现任会吃醋，会遗憾没有在最好的年华遇见他，会难过为什么他心中还住着个别人。但是亲爱的，你也一样。年纪越大，我们心中的老住户就越多。

他对你的爱，是无比成熟的爱。而他对前任的怀念，更多的是怀念当时无所畏惧的自己。其实是对自己的怀念。旧人旧事，总是让我们怀念自己，所以如果前任是你心里难以越过的坎，也请你优雅地怀念，毕竟时光荏苒，任何不合时宜的事，都是多余。

当然，写到这儿，我也可以回答一下L先生的问题，之所以会肯帮助前任，那是因为，对于现任来说，未来的路还有很长，有很多无微不至的爱可以给他。对于前任，帮这个忙，可能是他终于有一次被成熟的我呵护的机会，我其实不是帮他，我只是想谢谢他。

L先生笑笑，其实你还没有成熟，时间会让你放下的。

干杯，为了如今的物是人非。其实青葱岁月的完结，从来不是因为年龄，而是因为那些可以和你一起重温月圆的人，你早就不知道把他们丢哪里去了。

人生到了近三十这个阶段，应该是比较难过的时期。觉得自己还很年轻，但明明体力、精神早就开始不如往昔。进入成年人这个角色仿佛蛮久了，可遇到不公平的事还是会气得腮帮鼓鼓，一面默念我都这个岁数了，什么没见过，才不会为了这种小事置气，一面又恨不得揍在对方那名犯人脸上两拳。

总是在怀念过去又不间歇地质疑未来。泄气、打气、放纵、克制，周而复始。这个阶段，理智和感性开始逐渐分家，因为年龄的从中作梗。

一旦理智占了上风，你会觉得生活真的没什么波澜。所有的事都不是那么值得，做与不做只不过随你的选择。就好比炸鸡和炸鱼，都很美味，吃了都胖，你选哪个其实都没有差的。心里感受开始变成内心不可言喻的欲望，才是成熟之苦。

伪善和应酬也在这个时期多了起来，与此同时的还有扔掉的越来越多的旧衣服以及留下的越来越少的身边人。最近微信里面疯狂被转发的两篇文章，一个叫《你所谓的稳定》，一个叫《圈子不同，不必强融》。因为被圈里的朋友疯狂刷屏，所以我很认真地读完了这两篇文章。非常典型的两种生活哲学，也是我们在如何成为一个合格社会人的道路上，需要时常博弈的两种心境。

我记得很久以前看过一句话叫"越长大越孤单"，当时觉得这么酸的话我念都念不出来，而且孤单是什么？身边四十几个同学，闺密常伴左右，大家每天的欢乐与忧愁都相似到感同身受，连微笑的甜度和眼泪的咸淡都相差无几，我们彻夜分享内心的秘密，觉得自己碰见了可以托付终生的缘分。

然后有一天，这种关系因为共同性的破裂而迅速瓦解。你以为你们是一样的人，为什么在彼此都穿上了社会人的外衣之后，面对相同的境遇不再做相同的选择？为什么可以聊的东西越来越少？为什么选择衣服、包包、化妆品和男人的品位完全不在一个星球？慢慢地，生日礼物都不知道送她什么好，因为完全不知道她现在喜欢什么。几个月也不来个电话，约顿饭都好难。可我还是我啊，她也还是她啊，为什么我们不能像以前一样坦诚相见了呢？她是不是对我有意见，我们是不是从一开始就不是一路人，真的太吃力了，算了，好聚好散吧。好了，一个对你有着完全一致想法的人，也就这么配合你的冷处理淡出了你的生活。可我们真的不是故意的。

力不从心的事情太多，而且刚踏入社会的我们，没有谁是华丽的。每天累得要死，多一句话都懒得讲，又能更多地去关怀谁？于是在那些冷暖自知的夜里，你一边麻痹自己说，人都有复原的能力，她们会理解的，一边暗暗自责为什么不多分点时间出来给朋友。

然后突然有一天你会惊讶地发现，彼此居然就连逢年过节的问候都觉得突兀且别扭。

我们终于开始为了现实流眼泪。

周围的人逐渐地分成各路圈群，大家越来越难以沟通，阶段不一样，环境不一样，考虑的问题不一样。都忙，谁还会为了有的没的聚在一起叽叽喳喳。事业单位的瞧不上创业的，创业的鄙视事业单位的，忙着结婚的没空理单身的，忙着奔生活的单身们也无力参与太多辣妈们的话题。最后的最后，我们变成朋友圈里的打卡符号。每个人都静默地偶尔翻翻曾经无话不说的朋友现在还在干吗。这个社会从来都不公平，没有谁是一样的，现在我们知道了。

难过只是一时的，社会人的属性并不会让你孤单太久。狂欢是一群人的孤单，你会学会短时间内交到朋友的技能。至于走心与否早就不是我们这个年纪需要考虑的第一要素。彼此各取所需才是好的友谊。一味地付出，在成年人的世界里并不流行。

你的内心开始变得强大起来，你告诉自己只要自己强大了，什么都会过去。漫长的冬天之后，大家会说谁谁真是很厉害，什么都能处理，喜怒不形于色，好独立，好高冷，自带女王光环。你也会越来越认可你自己，知道你是谁只取决于你自己。

缘分是抓不住的东西，来时善待，走时不强留。或许在无数个难熬到爆炸的夜里，你会有那么一点点希望可以回到原来，但原来却往往已成为过去的风景。我们在生活中可以随便说话，甚至可以打电话说闲话给朋友。但在痛苦面前，大家个可能随意地去帮助你，能做到最好就是尽其所能。

成长从来就不是一件好玩的事，也许终有一天我们会脱掉社会人的外衣，卸掉自己的一身属性又变得有趣随意起来，那个时候我们从很在乎到不在乎再到看透所拥有的过程，内心纯净，对世界不再有已知的偏见。不过眼下来说，我们还需要和物是人非为伴很多年。

可有一句话说得对，有些事，你以为你丢了，其实它们只是换了个地方存在着。你看不见罢了。

　　所以不管如何，只要我们都好，对人生都有了自己的感悟，可以舒服地过自己喜欢的生活，那么不能在一起相伴也没什么遗憾，反正我最美好的年华曾经全面地拥有你，也希望终将落幕的时候我们又可以再遇见。到那时，应该会接上二十几岁时没说完的话题继续聊吧。

　　干杯，为了抹茶里的巧克力碎和奶油蛋糕顶上的樱桃。

南锣鼓巷走九遍

总是很喜欢一个人去老地方。只不过老地方依然在，所有本应有的一切又都总是不在。

比如，今天突然想去吃一下西贡在巴黎家的越南卷，到了才发现，这家店从春节之后，就再也没开过门。隔壁的奶粉店倒是依旧，走进去的时候，除了店员，一个人都没有。

下午6点多的光景，坐在了老位置，一个人，一盏台灯。某年的盛夏，和那些早就不愿再想起的人一起，坐在这里，不停地说着话。茶喝了一杯又一杯，彼此举着叉子吃着对方盘子里的蛋糕。那时，喜欢的人永远坐在我的右手边，我们挽着胳膊，有时候还捅捅对方的腰。

蛋糕还是很好吃，只不过一块吃进去之后，腻得再也吃不下其他东西。出门开始走路，今天不知为何，就是很想走路。走过很窄的胡同，里面满是跑出来溜达的人。我以前总是来这边，坐在常去的咖啡馆里，看着人来人往，带着大耳机写作业。好朋友有时候坐在我的对面，有时候坐在我的旁边。我们总是要克制和对方说话的欲望，也不知道为什么有那么多话好说。

今天路过了那家咖啡馆。曾经特别有格调的店，如今只剩下个名字。那些老破家具都没有了，包括我很怀念的那个可以坐的旧箱子。只剩下对着街道的开放式贩售台，卖着一点儿都不特别的小零食。一个朋友一直都在和我说，没有什么是一成不变的，我讨厌她每次都对。

一到夏天我总是不自觉地走到这几条巷子里。有的时候自己走很久，有的时候拉上朋友。旧的记忆一直在消退，新的记忆又慢慢累积成旧的。那条巷子上卖的东西，我早就买腻了。

不论是夜市、店铺、小吃、酒吧，我一概都腻到不行。

可我还是总去看望它们，看着它们依旧在，我也不知为什么就会踏实一点。

曾经和很喜欢的人走过这里，我记得那天的记忆并不是那么好。不过我们和朋友一起喝了场酒，我们都特别能喝。两个人在桌子下面互相按住对方的手，都不希望对方喝太多。那场酒我们从傍晚喝到大晚上，我记得自己清醒无比。刚开始我们频繁地说话，后来我们只是默默地牵住对方的手。

很久远的事了。久远到在每日每日的生活里，几乎都想不起来。但是一旦自己被现实捆绑的时候，来这里走一走，一下子又都想起来。当时的情绪，空气中的味道，阳光照射下来的角度，以及闷热的天气。好像这整条整条的巷子，就是我的时间胶囊。想不起自己是谁的时候，总能到这里看一看当初那个执着到一无所有也不怕的自己。

今天我又看见她了。坐在那家咖啡馆里，写着作业，想着明天见到喜欢的人要这样说那样说才好。她还是有很多烦恼，很多细碎的担心，但想着作业还没写完，就又能很自然地投入对未来的承诺中去。

一条巷子走完，我突然很想去看海。我们没能一起去看一次大海，是我至今留下的特别大的遗憾。想念最多的时候，我都看着夜晚的大海，想告诉他这海有多深邃。我写在信上，每一个细节都写得很清楚。可我从来都没机会，坐在他的旁边，指给他看。

大夜里的北京自然没海可看，所以我退而求其次，走着去了后海。那里依旧是人声鼎沸，灯火阑珊，酒吧嘈杂，巨大的音乐声此起彼伏。我不停地走，一步也不敢停留。

路过几家店，想着几年前来这里散步的时候，偶尔还能遇见以前的故人。后来越来越不熟，哪怕遇见了也完全没了认知。十几年，也就这么过去了。

如果我们知道，未来的现在，会再也不见。我们会不会把当时那些愁怨，一笔勾销。谈场轰烈的爱情，再分个干干净净，说句"后会无期"，不再遗憾，不再想念。

孤独卫星

你了解他的一切，甚至比他自己还了解自己。

他喜欢喝不带珍珠的珍珠奶茶，喜欢在热巧克力里面放盐，喜欢吃新鲜的西红柿，不喜欢吃半熟的鸡蛋，喜欢抽很细的烟，打火机不喜欢有任何装饰，喜欢唱歌很甜的女生，不喜欢有流苏的裤子，喜欢在冬天吃很冰的冷饮，不喜欢艳阳高照的礼拜一。

你在乎他的一切，甚至比在乎自己更多。他遇见伤心的事，你找来最好笑的笑话逗他开心；他遇见得意的事，你第一时间为他喝彩欢呼；他遇见困难事，你推下手边的任何事想方设法地帮他解决。

你生活的全部意义，都在每天他回复的信息里。街角开了一间新的复古家具店，你第一时间告诉他，他回复你谢谢。你得了急性胃肠炎，痛得要死，发了状态之后他回复你，要多喝热水。临睡前你不知道要如何找个话题和他说晚安，他却突然发信息给你，说你才是世界上对他最好的人。

这之后的四五个礼拜里，你们却再也没有一次性超过三四句话的交流，似乎一切都毫无进展。

你问自己：他到底怎么想的？难道我对他还不够好？为什么他又消失了？他说这句话什么意思？到底应不应该继续下去？我们到底算什么？你每天在这些周而复始的死循环中喜怒无常。

很长的一段时间里，万千世界对你都不再有意义，日之落，河之流，从此与你毫不相干。

你就是一颗孤独的卫星，一圈一圈地沿着轨道旋转，没有前路，没有后路。你持续不断地发射着信号，希望能收到回应，这信号发得艰难又微弱，可也是隔着万水千山，梗在每夜每夜的繁星里，努力地发着，一遍又一遍，一年又一年。

在经历漫长的等待之后，你已经不记得你发射出的是哪一个信号，你不记得你为何走上这条轨道，你不知道是否还有人试图回应你。你开始自暴自弃，故意过得很糟，关掉自己的频率，带着些许期望继续孤独地漂泊，希望那个许久没有你消息的信号塔可以抬头在漫漫星空中寻找你。你掉落的每一滴眼泪都那么矛盾，你告诉自己这次再也不要回头，可你已经活成了一颗孤独的卫星。除了在既定轨道不停地循环往复，你什么也不会。直到终有一天，没有人再记得你，他们以为你应该是解脱了。

可他们忘记了给你变轨指令，你依旧在那条轨道上不停地转，只有你和夜知道，没有一丁点儿声音。当我们爱上一个并不那么爱我们的人，这世界充满了恶意。好像所有美好的事都藏起来了，我们只能听见空气里寂寞叹息的声音。但其实，他并没有那么爱你，这也不是什么大不了的事。

也许他只在喝醉酒之后，或者空虚寂寞之后，才会想起你的好，才会说一些傻话，希望你不要过早看穿他并不那么爱你这件事而离开他，不过我们又怎么能怪他。我们都喜欢善待自己的人，哪怕这个人我们并没有那么喜欢。可是被人疼爱的感觉，没有一个人不喜欢。

你对他好，和他并不珍惜你，这是两条平行线，不要试图将它们交叉，这只能伤到自己。在我们很爱一个人而不得的时候，其实和那个人已经没有什么关系了。我们每天陷入的所谓的爱恨情仇，都是和另一个自己欲罢不能。你所有的眼泪，都是因为你不再能满足你自己。我们宁可怪那个好似不懂得珍惜的人，也不想承认这本就是一段错爱。你问自己，爱有什么对错？是啊，爱有什么对错。

我们都会爱上一个不那么爱自己的人，这个成长课程就好像是大自然冥冥中安排好的一样，每个人都会经历，连痛点、泪点几乎都相同。我们沉浸在漫长的思念和爱的臆想里，我们在这漫长的思念里反思自己关于付出的方式，在爱而不得里反思如何去爱自己。

但错爱让我们知道爱情本来的样子。爱情是没有退路的妥协以及倾其所有的包容，在错爱里的我们，是一生中最勇敢的状态。不过世间万物都是守恒的，告别错爱，会遇见对的人。过量地爱过之后，会学会隐忍克制地去爱。爱而不得之后，会明白爱情并不仅仅是一个人的事，回报也同样重要。我们可能再也不会那么无所顾忌地去爱别人，但我们学会了毫不吝惜地爱自己。

因为毕竟，当你孤独地旋转在那条轨道上，在寂静的夜里，你只能听见你自己的声音。你和自己对话，你告诉你自己要坚强，你告诉你自己你其实是那么优秀，你告诉自己，这绝对不是你的命运。

是的，总是会有这么一个人，他记得找寻你，他记得你还孤单地困在那条轨道上安静地转，他能听到你，他能听懂你，他知道也许孤单地转了这么久，你从此都不可能走进别的轨道，可他知道你就是那颗星，无论你被放上哪条轨道，他都愿意排除万难，接收你信号，他不理会别颗星，他只搜寻你。

你不相信，是因为你忘记了打开频率。

深爱症患者

我又去看海了。今年去了很多次海边，特别幸福。

六月的时候，居然看见了荧光蓝的海浪。朋友说，那是荧光藻，碰到岸的时候，就会死亡。它们只有那短暂的一生，绽放几秒钟的时间，继而绚烂而死去。

那天晚上，站在海边，欣赏的人只有我。它们中的大部分，都是在黑夜里孤独地消亡。我也不知道为什么要和你说这些，可能是因为当时我又涌动了啊，如果你也能一起来看看就好了。

上周，我又去看了海。一个人站在海边无所适从。心里的话积攒得太多，无处倾泻。海浪拍岸的时候很温柔，可以看见沙砾在快乐地翻滚。远处的海岸线上有飘摇的渔船，我羡慕他们的自由自在。算了算，生活里没有你挺久了。我还好吧，偶尔也能放声笑一笑。只不过走心的感受越来越少。那天坐在海边，我突然开始记不清你的脸。

我原来以为，最痛苦的时光，是那些我们天天见面你却不知道我爱你的日子。可是现在想来，最痛苦的时光是你知道我爱你之后，我却再也没有理由见你的这样的日子。

我原来有很多理由见你，每天都可以，楼道里，水房，操场。我们每天说很多话，你分享你生活的所有给我。我知道你的喜怒哀乐，知道你心烦的原因，也知道你的骄傲与快乐。我曾经最了解你，你也曾经最了解我。现在没有人可以一句话就让我好起来。我试着交付自己，但是一无所获。

不过现在想起你，我已经没有太多可以回味的东西。比如，你笑的时候上扬的左边嘴角，还有你想使坏的时候不自觉皱起的眉。当初为什么就放手了呢？我想也许是我真的受够了。自己觉得自己很可怜，不想再这样胸口闷着一团棉花小心翼翼地活着。我想走了，于是我一声不吭地放手了。

我不知道我应该如何和你告别，才能不辜负这些年你与我共存的这段时光。我从来没有觉得不公平，这段漫长时光里，你给了我最多的自由和理解。你懂得我的需求，你也尊重我的选择，你说过，我总是要走的，你不确定我还会不会回来。我其实也不知道。但是我的归宿不是你，这是你我早就达成的共识。

是不能停下的性格呢，我很讨厌这样的性格。这样的性格决定了我不能麻烦别人，不能挽留与哀求。因为我终归是要走的。我怎么能要求别人对我好。我连最基本的陪伴都给不了。另外，我的理智总是不允许我做背离生活轨迹的选择。比如我爱你，可是我没法和你在一起。因为我的生活在远方。我没法为你停留。所以到今天这个地步，是我自己咎由自取。

你给了我最大限度的自由，我以为你会一直这么给下去，却忘却了家对你的意义。偶尔夜凉的时候，我总会想起你。然后我便再也睡不着。就像风湿阴天就会痛一样，夜晚来临的时候，我的心里总有你。听说为爱失眠是福气，太多人的失眠仅仅是失眠。但是我觉得单纯的失眠，吃药就行，想你的夜里，我却希望自己醒到天明。我想记得你，我怕时间让我忘记你。

我是个固执的人，选择了就要走下去，从不回头，无一例外。所以好像一直是我的选择，爱你，不爱你，让你爱我，不让你爱我。抱歉我一直是这样，从来没有问过你的想法。最近工作很忙，忙到我只能蹲在卫生间里抹眼泪。因为活儿我做不完，脑子不够使。可是我希望每件事都尽量完美，结果全面崩溃。

我想起之前我和你说，哎呀我好忙，哎呀课业好难，哎呀工作好累的时候，你从来都是安静地听着，然后会说，你呀，就是这样。每次只要你说这句话，我就什么都好了，就像魔法一样。这辈子也许只有你了。看着我从15岁的傻气蜕变到25岁的淡漠，却依旧觉得我是当年的我，不论我的心被密封了多少层，你依旧只看得见美好的那一面。

我们那时候很小，我不懂得这种陪伴的力量，固执地以为只有我爱你而已，你都不是特别在乎我。那个时候，我不懂得，我也应该安慰安慰你。漫长的等待，不知会不会有未来，这样的感受，并不只有我一个人经历，还有那个默不作声的你。

我习惯了大声地对你说我生活中的无奈与喜恶，却好像很少关注你的生活怎么样。因为我总是觉得，是我先爱上你的，所以我独自走过了那么多年支持你的岁月，孤独的，不求回报的，那么你呢，你是怎样爱我的呢？其实我们都真傻。爱情里，爱就是唯一标准，值得与否，对等与否。爱是平等的。没有谁爱谁多一点，谁爱谁少一点。无论怎样，都是爱啊。

　　我一直很感谢你，也一直会爱你，因为你的身上承载了我所有的最美好的一切。我们从来没有说过太多的爱，也没有做过很浪漫的事。我去的所有浪漫的地方，都是和别人同行。从一开始就没有什么机会。时间、空间都不对。我们为彼此做得最多的，也就是这么多年，一直咬住没有舍得松手的执着。

　　不过时光终究过去了。我终究失了你。其实我一直欠你一个离开的解释。但是我故意没给你。我想让你偶尔想想我。仅此而已。

午夜 香烟 白炽灯和玻璃窗

应了朋友的约，踏着夜色走向了F街的尽头。向右转走个百十来步，就能听见街角的那个小酒吧嘈杂的声音。自从搬到了这个城市的南边，我几乎每个周二的晚上都会在这家酒吧与认识不认识的人把酒言欢。啤酒7.5元一扎。

酒吧门口照例排了很多人，我走过去，递给Alex一支烟，伸出拳头和他碰了碰，他拿着印章在我的手背上印了一下，我冲他笑笑，他眨了一下左眼。于是我就这么一马平川地进门了。

人多又嘈杂，我本能地向吧台走去。果然看见Paul一手端了一扎啤酒奋力地挤出来。看见我立马笑着招呼，手却腾

不出来。我把脸伸过去。贴了两下说，我再去买两扎，我们
台球桌前见。

　　酒保是个漂亮姑娘叫Linda。看见我之后，一边熟练地
抓过啤酒的喷头一边大声和我打着招呼。我说我们在台球
桌那边，空了过来打两杆。她耸耸肩。我端起两扎啤酒转
身挤出去。台球桌的旁边站满了人。大家叽叽哇哇地说着
话，看着认识不认识的人趴在球桌上或有准星或没准星地
推着杆。

　　我从兜里掏出两个一元的硬币放在球桌上。反手给了
Paul一巴掌说，你站着这么久都不说占个位子。他嘻嘻哈哈
地笑，我顺着他的眼光看到了屋子那一头的一个红发的姑
娘。我低骂了一句。说你走过去和她说话比抛媚眼管用。于
是我一个人守着三扎啤酒，靠在窗台上等着桌子。

　　桌子空出来的时候，Paul早就不知道和姑娘去哪儿了。
于是我顺手拉过身边的一个人说，来吧，打一杆，我请客。
他转过头，痛快地抓起杆子。我把硬币塞进投币口。哗啦

啦，球都掉出来。用两个胳膊呼啦呼啦地把球都拢好说，你开。他哈哈一笑，俯下身瞄准。

我看着他，刘海斜在眼前，脸上架个黑框眼睛。高、瘦，穿深色窄脚牛仔裤。手型很好看，手指长而柔软。我喜欢手。看见好看的手，就莫名其妙地想握住。然后我们就这样一杆一杆地打完一盘。后面的人拿着硬币走过来。我对他笑笑说，来吧，这扎给你喝。他也不推托，一把抓过来。不拿杯子倒出来，就咕嘟喝了一大口，洒到身上也不自知。然后就势靠在窗台上，使劲儿地出了一口气。

我看着觉得好笑说，你很渴吗？他说，这屋里太热。冰镇啤酒要这么喝才有感觉。于是我也一仰脖，咕嘟喝了一大口。当我俩一人胸前浸着一块酒渍站在大街上的时候，午夜的凉风吹过了我的脸颊。我摸了摸兜，烟抽完了。我说喂，你抽烟吗，他也摸了摸兜说，抽完了，我冲他点点头说没关系的。然后我跨过酒吧门口的信号灯，向路的另一边走去。他大步大步地跟上来说，我也去。我说你知道我去哪儿啊？他说转角那家7-11。我哧笑着说，你是吉普赛人吗。他低着头笑。没有回答。

走进门的时候，烟只剩下一包。我们踌躇了片刻说，一起抽吧。于是我买了烟，他买了两个甜甜圈和橘子汁。我们走出狭小的店铺，蹲在7-11的大玻璃底下。周围路灯昏黄。只有这里，被巨大的白炽灯烤得像白天。我把烟递给他，顺手抓起袋子里的一个甜甜圈，一大口咬下去，觉得满足又踏实。

他回头看着我，一边叼着烟打火，一边支支吾吾地说，你很饿吗？我说是，特别饿。然后他把另一个甜甜圈递过来说，你把这个也吃了吧。于是在两个甜甜圈都下肚了之后，我们坐在这个转角便利店的玻璃窗下有一搭没一搭地聊着天。他说你为什么开始抽烟？我说因为寂寞。我说你呢？他说为了一个女孩子。我哧地笑出来说，然后她爱上了别人，你爱上了香烟。他不置可否。

我问，总来这家酒吧玩儿吗？他摇摇头说，我第一次

来。我说哦。然后他说，你呢？我指了指不远处的一栋公寓楼说，我住这里，So。他笑着点点头。我说明天会下雨吗？他低头看了看手机说，24度。阴天。接下来的五分钟里，我们都没有说话。烟忽明忽灭地亮着，手里的橘子汁被我们一口一口地喝得见了底。我伸手拍拍他的胳膊说，我要走了。于是我们一起站起来。街道安静，偶尔有车呼的一下开过去。信号灯嗒嗒嗒地响着，在一片日光灯的照耀下。然后我说再见，他笑着转身走开。

　　我不知道他的名字，我再也没有遇到过他。

远方背后

"你的行李再缠一遍吧，万一摔散架了至少可以绑住。"马武说。然后不由我回应，他便拖着我的箱子嗒嗒嗒地走去了远处的服务台，我看了马南一眼，无奈地笑笑。马南说，我哥这是舍不得你。我说，我懂。

当马武拖着裹得跟粽子一样的箱子走向我的时候，我还是扑哧一声笑出来。我说天哪，这包得也太严实了吧。马武拍拍箱子面，塑料薄膜发出闷闷的摩擦声。他抬起头说，这样结实。我点头。

排队托运的人不少，我们三个人就缓慢地随着队伍往前挪。马南一直在有一搭没一搭地发短信。我说怎么了这是，有情况？马南嘿嘿嘿地笑，说还不一定呢，争取等你回来给你看看，你把关了再说。我说，感情这事儿，我不灵，自己都活不明白，还帮你把关呢。马武站在我的左边，我转头看看他，正遇上他的目光，于是我冲他笑笑，他抿了抿嘴。

我们终于走到了柜台的面前，马武一边帮我放行李一边说，给她选个靠走道的位置。我笑着点点头。我说还行，估计离厕所不会太远。马武说，嗯。反正你愿意溜达。我说是啊，总蜷着，我难受。

我抬手看了看表，离登机时间还有一个多小时。我说咱们去喝杯咖啡吧。马武端着咖啡走过来的时候，我和马南正在玩游戏，他说你快跳啊，然后我的小人跳进了深渊。马南悲鸣，谁叫你跳崖啊。我把手机还给他说，我不玩儿了。这个游戏难。

一个小时，说长不长，说短不短。对于随意聊天，一个小时已经足够口干舌燥。对于互诉衷肠，一个小时还不够开场铺垫。我们属于情况三，说浅了浪费时间，说深了却不知从何说起。所以对话始终落在你再检查一下护照和机票，你少喝点咖啡，牙容易黄，去了那边时差多少，你看这人穿得怎么这么怪啊这些乱七八糟、琐碎而不疼不痒的话题上，然后我把杯中最后一块冰倒出来，嘎嘣嘎嘣地嚼。咽下去之后说，走吧，我得进去了。马南低着头没说话。马武说，嗯，别耽误了。然后我们站起来，挪椅子的时候吱啦吱啦地响。我想张口说句笑话，可是声音突然卡在喉咙里。胃突然收紧，心忽悠地坠了一下。

走到电梯口，马武说，再往前进不去了，就这儿吧。我走过去抱了抱他。他的手在我的背后使劲压了压。我松开他，又抱了抱马南，在他耳边说，照顾好你哥。马南点点头，咕哝了一句你早点儿回来。我说一定。我看看他们，说回见。往前走了几步之后，很想回头看看，但是我没有。

坐在登机口等的时候，马武的短信进来，他说你买瓶水，飞机上不一定会先发水，万一等很久，该渴了。我回：

好，事儿婆。然后下意识地拧开手里的水瓶喝了一口。我好像一直忘了告诉马武，我其实还行，自己也能照顾自己了。不过又一想，再如何，他也总归要操心的。

我和马武、马南一起长大，他们是住在我隔壁的兄弟。20多年相亲相爱，其间打架斗气也时有发生。但是这么多年，时间没能分开我们。马武是老大，马南是老小，我的年龄夹在他俩中间。淘气干坏事的时候，马南是我的同盟军。但是替我们挨骂挨打的，是马武。所以在我的心里根深蒂固的常识就是有困难找马武。于是当我发现自己怀了秋实的孩子时，我去找了马武。

马武看着我，很久都没有说话。当时我和秋实分手半个月有余。左胳膊被他打得青紫的痕迹还没有褪干净。从那天到后来，马武也一直都没有和我说话。他走进自己的屋子，没有再出来。我坐在他家的客厅里，看着天色暗下去。马南坐在我旁边，慷慨地伸出了他的右肩给我说，没事儿啊，我们都在。我心里突然踏实下来，觉得还好，还好。

后来马武和我一起去了医院，消毒水的味道熏得我头疼。孩子与我没有缘分。我的心却随着他的离开迅速地死去了一半。这之后的大半年里，我辞了工作，考了GRE，拿着全部的积蓄，去开辟新的生活。

飞机开始下降，机身向左倾过去，我瞥到了夜幕下的灯光，似星河般锦簇。舱内的灯亮起来，旅程即将结束又即将开始。飞机停稳之后，我打开了手机。马武的信息紧接着中国移动的欢迎短信闯了进来。他说：妹子，盼归。我的泪终于滑落。

无师自通

想来，我也就是递了一支烟给琪琪。

这个冬天来临之后，我就很少和琪琪见面了，因为室内禁烟令一出，我们无法愉快地聊天。她不管多冷，都要坐在露天凳子上喝咖啡，不为别的，为了可以想抽烟的时候直接抽上。

和三年前不一样，现在都是她给我递烟，可我已经戒了。

见到琪琪那天，她站在我家楼门口跟张旭大吵特吵，我远远看着，心想张旭这采花大盗，又祸害一小姑娘。张旭看着我走过来，抽出脸跟我还打了一招呼，我心想呦嗬，看来这姑娘得受大委屈了。

　　我用眼睛扫了一眼张旭，拉开楼门走了进去。没过一会儿，张旭推门进屋，我问他说："姑娘走了？"张旭说："那天喝多了，结果她非要跟我在一起。在什么一起啊，我一个放荡不羁自由神。"我啐他，说："你充其量就一个能说会道的王八蛋。"

　　傍晚时分，肚子开始饿，我喊张旭吃饭，他冲我一眨眼，说："我不像你，我有人约。"我冲他喊："你，立刻消失在我眼前。"

　　张旭倒是痛快，抓着钱包手机就走了。咣当一甩门，世界清净。可我还是饿，于是打算下楼扔个垃圾顺便买个麻辣烫充饥，然后就这么地，我看见依旧蹲在我家楼下的琪琪。其实我俩的第一次见面，也真的有那么点儿荒唐。

　　我踩着一双趿拉板儿，手里攥着一垃圾袋，头发胡乱绑在脑后，口袋里揣着半包烟。

　　琪琪哭得眼睛肿得跟大兔子似的，蹲我家楼门口，肩膀一抽一抽的，她穿了一条破洞牛仔裤，还挺好看的。

我看着蹲在地上抽泣的琪琪，心里有点儿心疼，想着老天咋就生了张旭这么个东西！唉，自己弟弟捅的娄子，还得收拾。我扔了垃圾，蹲到琪琪身边，说："你好，我叫张玉，是张旭他姐。"琪琪转头看我，本来哭干的眼泪，哗啦一下又流出来。

我说："我挺想给你宽宽心，但是姐饿得脑子都不转了，我前面路口吃麻辣烫去，要不你一起得了。咱吃口饭再诉衷肠，你看行吗？"琪琪点头，连犹豫都没犹豫，估计她也饿。

麻辣烫配啤酒，想要啥都有。我跟琪琪说，想吃什么就吃起来，姐买单。她倒心疼我，串儿没来几个，啤酒喝了三瓶。可是她，就一瓶倒的量。这不是开玩笑呢吗。结果就是我好不容易吃进去的麻辣烫，在琪琪吐的第一口的瞬间，也都吐出去了，当时我真的恨死张旭。

我特喜欢夏夜的马路牙子，特好坐。可以坐着哭，坐着

笑，坐着抽烟，坐着闲扯，坐着给小情人打电话，总之就是
坐着干吗都挺好的。石头温热，小风和煦，什么情绪都能得
到些许解脱。

于是我拉着喝得半醉的琪琪，坐在马路牙子上聊天。琪
琪说我喜欢你弟弟啊，特喜欢，我知道那天他喝多了。可我
没有啊。我拍拍她的腿，递了张纸巾给她，说把嘴擦擦，齁
儿脏的。

她倒乖，让擦嘴就擦嘴，备不住擦完还号呢。但是夏夜
的小吃摊儿旁边儿，躁动很正常，也没太多人理会我俩，都
忙着互诉衷肠或者填饱肚子。

这社会，要不是缘分使然，谁管着谁啊。不过听了一
圈，我倒也听明白了。没什么好说的，这姑娘就一傻瓜。
可我也没什么好劝的，爱上一个不爱你的人，你不心碎你
指望什么？她号啕累了，一抽一抽地坐我边儿上，眼睛彻
底没法要了，肿得这个丑。我烟也是被她号得半包都见了
底。我说你给我坐这儿啊，我买包烟去，你就蹲这儿，谁

领你，你咬他。

这姑娘酒品还行，至少我回来的时候她老实坐着不吭气，我给她买了瓶带冰的矿泉水，说你还是多喝水吧，早点儿醒，醒了该干吗干吗去。她看看我，说你懂爱情吗？我笑，说我不懂，我懂那玩意儿干吗。她眼泪又要流下来，我突然就烦了。拿出两根烟，替她一并点了，问她，抽过吗？她摇头，我说来一根儿吧。她抽了一口就开始咳嗽，我说你就抽，抽完这根儿烟，咱俩就此别过。我们那一根烟的工夫，谁也没说话。我脑子里居然晃进了梁木。他的脸一晃而过，我突然觉得风凉了。

我拽起琪琪，说给你打一车，你自己回吧，她倒也没纠缠，说，姐，你告诉张旭，我俩两清。我说你别说这些没用的了，从一开始就是你输，还两清。回去睡一觉明儿起来该活什么样活什么样就完了。你俩没缘分。琪琪咬着嘴唇，一句话也没说。

把她扔上车，我就开始给张旭打电话，他接起电话，舌头都大了。我说你给你姐带口吃的回来，明儿咱俩再算账。他那边儿嘻嘻哈哈地挂了电话。

我当然没等到张旭的夜宵。他压根儿就没回来，鬼知道又混哪儿去了。第二天天不亮我就起来了。饿得要命，楼下的馄饨摊倒是开了。一碗馄饨下去，这世界又美好了。梁木的脸又出现在我脑子里，这情况有阵子没出现了。

点了根儿烟给自己，凌晨5点多的大马路上，勤快的人已经都出来了。我看着吭哧吭哧骑自行车的大爷，心想，离都离了，想他干吗。其实昨儿于公于私，我都该好好劝劝琪琪，我一过来人，又是当事人的姐姐，应该劝劝这个小姑娘。爱情有什么重要的，有还是没有，都不当吃不当穿。没了爱情，天塌不下来，世界也依然存在，只不过日子寂寞一点儿，但是习惯了也就没什么了。

我跟梁木刚离婚那会儿，周围人被我俩惊得下巴脱臼。青梅竹马，模范夫妻，到岁数就领证，结婚5年，一步一个脚印，两人只要出现，那一定是绑在一块儿的，连朋友基本都是一拨人，就这么腻歪的两个人，离得悄无声息的。我俩离婚原因也是特正常的那种，他出轨。

其实这年头，这点儿事儿，不足挂齿，谁还没点儿想法。差别就在于有人就是想想，有人不光想，还付诸行动了。梁木更绝，想了，动了，还把人家娶了。也是，人也得传宗接代不是。我就是怀不上，我怪不得人家。

我俩也没什么狗血的桥段，和平离婚，该得的，我一样没少拿，他也一样没少给。然后换了本那天，我俩吃了顿饭，也说了些话，他哭了，我没有。但是有一好事儿，就是我又能抽烟了。

之前怕影响怀孩子，生生戒了，这应该算是我为了梁木做的最仗义的一件事儿了。

我妈走了之后，跟我最亲的，其实是烟，张旭都排不上号。有的人命就是贱啊，15岁丧母，16岁老爸就娶了新的，20岁老爸又娶了新的，现在折腾不动了，不娶了，但是该不闲着还不闲着。有一点挺好的，他有钱，我跟张旭不穷，不吃苦，该拿的钱我俩从来不手软。

我跟梁木就看对眼了。他看见过我最狼狈的样子，陪着我走过了一段生不如死的路。所以你说他不爱我了，我怪得着人家吗？该得的我也得了，该替我扛过来的也替我扛了。人就想要个儿子，有什么好批判的。

离婚之后我俩没再联系过，朋友圈子我也是全部谢客不见。离完那天，我提着箱子搬去了张旭家，敲门的时候，他正跟一姑娘苟且呢。一开门那表情，我都想跟他断绝姐弟关系。但是小子还算仗义，什么都没问，还给我做了顿饭，特难吃那种，给我吃哭了。所以琪琪那天问我，你懂爱情吗？谁懂啊。这玩意儿除了能慰藉一下，一到晚上就侵蚀你灵魂的寂寞，还能干点儿什么？

你是爱，但这东西，一巴掌拍不响，光你爱有什么用？能强求还是能挽留？这种没谱的玩意儿，你琢磨它干吗。再见着琪琪的时候，这孩子正在酒吧里玩儿。我也去玩儿，也不知道那种寂寞到死的地方怎么就这么好玩儿。她拍我肩膀，我一回头看见她，居然是相视一笑。

我说呦嗬，可以，想明白了看来。她先是递我瓶啤酒，又给我点了根烟。我说，你这有点儿想得太明白了啊。琪琪笑，那叫一个坚强。我突然就喜欢她了。我说哎，给姐留个电话，姐以后找你玩儿。她笑，说成啊姐，然后拿过我的手机就开始输号码。就这么着，我在夜里，给自己无耻地找了一个伴儿。张旭后来也加入了这个团体，但是琪琪早就过了他了。两人还能搂着脖子互相侃大山，张旭说琪琪你得谢谢我，没我你指不定被多少小男生骗呢。

一般这时候，我就瞪张旭，然后琪琪哈哈笑，说对，敬你一杯。这对话循环往复不知道多少回之后，我也听出了真心实意。那话怎么说的，一个男孩教会了她爱，用了一种最痛的方式。但这哪儿是张旭教的，他顶多就是给琪琪展示了一下现实。剩下的事儿，那都是她自己的造化。不是所有人遇见渣男都能自己把这点儿事儿想明白的。她还是能耐。

　　但我也心疼她。这姑娘以后的情路，那不艰辛才见了鬼。可人各有命，她为了张旭奋不顾身的时候，就应该料到最后自己灵魂支离破碎的这个结局。人啊，该为自己的决定承担的后果，也不能一味地推给别人，琪琪这点想得明白。梁木来找我那天，我正准备出去面试，家庭妇女这么长时间，也得养活自己不是。

　　出门手机就响了，看见名字的时候我还是心里疼了一下。我怎么能不想他，我二十几年的人生里，梁木不在的日子屈指可数，就这么个人，说走就走，我怎么可能不疼。我只是太清楚，这世上，该来的总会来，没什么好说的。我接了电话，他说有话要说。我说那就老地方见吧。

　　一个小时后我们在以前总去的那家小饭馆见了面。我，他，两荤一素一汤，茶水一壶。一如往昔。菜上来我吃菜，饭上来我吃饭，他不说话我也就不说。本来吗，谁知道他找我干什么。一碗饭吃完，他说，张玉我特别想你。听完这话我抬起头，说这顿饭咱吃完，以后再也不要来找我。他眼圈开始红，我假装没看见。那顿饭我吃得很干净，基本没剩下啥。不管心情如何，对面坐着谁，我们要珍惜粮食。

我站起来，说梁木，你买单吧，然后头也不回地走出了餐馆。那时候秋天了，街上的树叶落得特美。我走到街转角，心慌得要命，想给自己点根烟，可是火机怎么都打不着，着急得我蹲路边好一顿哭。

就这么认识的李彦。他蹲我边上，给我点了根烟，还直接放到我嘴里了。我心想谁啊这么讨厌，从离婚到现在，7个月了，我好不容易哭出来了。我愤怒地侧头，看见一张特虔诚的脸，说小姐你别哭了，这不是点上了。我当下就没脾气了，抹了把眼泪，说谢谢您。

结果那天我也不知道哪根筋搭错了，拉着他说了好多话，有时候笑，有时候沉默，大部分时间都在哭。也是累死我了。后来我们就认识了，有时候琪琪他们叫我，我还

拉着李彦。大家混来混去，发现原来这个城市里，寂寞的
人太多了。

李彦跟我也说了好多掏心窝子的话，这货也是个傻
实诚的。有时候我笑他，有时候我懂他，有时候我懒得理
他。但大部分时间，我们眼睛里都有疼痛。人吗，失去得
越多，越快，越深重，越能感知其他人的情绪。所以吗，
懂事儿的人没什么好的，那得是吃了多少苦，才懂了这么
多事儿。

这城市里，互相有了个关心对方死活的人，有时候他
喝大了我骂骂咧咧去接他，有时候我喝大了他唠叨个没完。
我们不说感谢，都是应该的。琪琪和张旭也逗，现在据说张
旭追琪琪追得特别辛苦，琪琪倒是潇洒，压根儿也不理他这
茬儿。张旭偶尔找我抱怨，我说你活该，人家不要你是应该
的。搁我我也不要你。

然后有天他哭了。我给琪琪打电话，说宝贝儿，张旭
喜欢你喜欢得都哭了。琪琪笑，说哭吧，他应该的。我也

笑，说得嘞，你少喝少抽，下礼拜咱约顿铜锅。她又笑，声音特嘹亮。琪琪曾经跟我说，姐，你那根烟，让我懂了好多事儿。

我笑，说呦，抽烟还能抽出诗词歌赋和人生哲学啊？我当时就为了让你闭嘴。她看着我说，不是啊，你看啊，刚抽呛得眼泪都下来了，想着这是什么玩意儿，第一直觉就想把它扔了再也不碰了。琪琪笑得眼角有泪，说姐啊，你说我这两年，酒量见涨不？

我也笑，说宝贝儿，见着你姐你好意思提酒量吗？那夜月亮特别亮，好像是个什么节。不过那天晚上，我突然就把烟戒了。

此岸人

我正在换睡裤，才提了一半，老朴风尘仆仆披头散发地破门而入。我一声"臭流氓"还没喊出口，就生生被老朴一脸的眼泪吓得憋回了嗓子里。

她一屁股坐我床上，嘴一撇，就开始抹眼泪。一口一个没一个有良心。我提上裤子，到冰箱里给她拿了罐饮料，这货一点儿不客气，和着眼泪一口灌下去，然后一抹嘴，接着哭。

我把她大衣顺手挂起来，又在外卖网上订了晚餐，老朴一边儿抹眼泪一边还要了大份的五花肉炒饭。

这之后的半个小时里，她抹她的眼泪，我掏出笔记本电脑继续做没做完的工作。老朴抹着抹着眼泪，开始刷朋友圈，在我写完最后一份邮件的最后一个字之后，老朴轰轰烈烈的分手运动已经结束，到了大嚼特嚼五花肉炒饭的时候。

　　吃完饭，老朴蹲在我床上看半集韩剧的工夫都没有，李明就已经在楼下等着了。等我刷完杯子准备泡茶的时候，老朴已经含羞带臊地会情郎去了。到后来我也不知道她和李明那天为了什么吵了个天翻地覆。我很怕感情里剥出来的千丝万缕，这种自我肯定与自我否定来回交替，是我怎么样也无法处理的问题。这种戏码在他们交往之后，几乎每周都会上演一次。不过不管这两个人怎么折腾，从来没有隔夜仇。在这一点上，我认为他们很般配。

　　头几次他们吵架，我还劝劝，到后来，劝人的，被劝的，都没有了耐心。因为真没什么大事儿，无外乎就是李明没洗碗，或者是老朴忙着玩儿没接李明电话之类的琐事。按道理来说，都有各自的道理，可披上情感的外衣之后，这些事站在他们各自的立场上，倒确实也有没道理的地方。可是，感情是两个人的事儿，第三个人管得着吗。

后续几天，老朴都没再来我这儿，她和李明有个欢乐窝，大部分时间，老朴在里面高兴地做女王。偶尔，她会回我这儿，偃旗息鼓，品尝现实和吃败仗的滋味。我和老朴一起住了三年半，她没什么大主意，胆儿小，长得一脸人畜无害的样子，特别喜欢吃，很长时间里，我觉得跟她在一起住，和养了只兔子没什么区别。

老朴跟李明，大三那年就勾搭上了，老朴人虽然傻点儿，但是姑娘长得好看又正派，一看就是从小被父母护着，朋友宠着长起来的三观正到活该被坑的那种孩子。李明怎么说呢，还行吧，正常男的，你认识他，你会记得他，你不认识，就擦肩而过了的那种性格。大学四年，除了他追到了老朴全年级轰动了一把，再也没做过什么惊天地泣鬼神的青春事。到现在，我们毕业四年了，这两人没分，也没结。

有天吃饭，朋友问起来，老朴很认真地说，李明说了，要仔细考虑，毕竟结婚和谈恋爱不是一回事。可能那天我喝多了，老朴此话一出，我立马咆哮了一句扯淡，她扭头看我，我拍拍她头，说想好了再结也对。其实我想说特别多的话，可我也不懂。而且我就算喝多了，我也舍不得虐待一兔子。

林森飞机落地时候，我正撸胳膊挽袖子，站在会议室里跟供应商对方案。夕阳从落地窗缓缓地照进来，一天又要过去了。等我抽出时间看电话，林森的未接来电孤零零地躺在消息栏。

我拨回去，他接："我回来了。""我知道，我非常准。"我应。"我在家等你。"他说。"好。"我说。

林森的家，在城市的西边，是个很好的社区，里面住的都是很有礼貌的人。他家总是空空的，他总也不回来住一次，房子里没有生气。我认识他四年。他常年住在纽约，一年回北京两次，一次在冬天，一次在夏天。我也不知道他为何不喜欢春秋，北京最好的两个时节。

严格意义上来说，我不知道他太多的事。也许他有家，也许他有病，这些我都不知道。我从来不问，他也从来不说，我们都孤独，这就够了。我知道他喜欢什么口味的薄荷糖，他知道我喜欢什么材质的浴巾。我们知道彼此很私密的小细节，这些对我来说足矣。至于我们第二天各自去向何处，又和谁在一起，我们从来不干涉对方。我曾经这么和老朴形容我和林森：两个感情绵薄的人，好死不死地遇上了。

我摁了门铃，林森打开了门。桌上摆着做好的饭，家里的空调开得温暖如春。我放下东西，走过去拥抱林森，他身上的味道还是很好闻。我们相对而坐，吃着晚饭，说着一些不着边际的事。我说来的路上居然没堵车，今天是个好日子。他说今天在家附近的超市居然发现了笋子，就一定要买回家做来吃。

吃完饭之后，林森收拾碗筷去刷碗，我抱着膝盖坐在他对面的沙发上看着他洗碗。电视里演着老电影，林森的灰色毛衣袖子附着被溅起的水花，那一秒，我觉得我爱他。爱情只有一瞬间，这是我自己的爱情理论，被老朴盖棺定论为一本正经的胡说八道。我说我认为爱情就是一瞬间，这之后，

不是频繁地缅怀就是频繁地爱上。必须要不停地爱上对方，日子才能绵长。

那一晚，我和林森看了那个老电影。我太困，没坚持到最后就睡着了。早晨起来的时候，林森留了条子，说他因为有事要处理，出发去上海了。我看了看手表，6∶37。爬起来刷牙洗澡，浴巾是新买的。

老朴终于等到了李明的求婚，跟他本人一样，求婚也是很正常，就问了一句：媳妇儿，挑个日子领证去吧。老朴听完愣了一会儿，眼泪就开始噼里啪啦掉，头点得跟啄木鸟似的。然后那周的礼拜六，这俩苦命鸳鸯终于合法地搞在一起了。

婚礼没办，因为老朴不出意外地怀孕了。我看着她一下子走完了人生的几大步。这之后，老朴依旧时不常地来我家蹭吃蹭喝，偶尔还带着李明。我有时候烦他俩在我眼前晃悠，发射爱的光波刺激我。但是看看这两人开心地过着正常的生活，我觉得我也跟着很正常。

有天晚上，老朴躺在我旁边，肚子圆滚滚的，身体很柔软。她说子鱼，你找个伴儿吧。我转过去看着她，说我有伴儿。老朴眨着俩人畜无害的大眼睛说：能结婚的那种。我说：哦，那我是没有。老朴叹口气说：我特想看你安稳。我突然很想流泪，我和她说，我也特想。

　　我总是不能很用力地去爱。有时候我也问老朴，你说我这是因为太重感情，还是太薄情。老朴走过来戳我的头，说因为你老想些没用的玩意儿。老朴等着卸货的日子里，最开心的就是陪我去相亲。各种朋友推荐过来的各色男人，奇葩的占百分之九十九。我和老朴说，你知道吗，到了晚婚晚育年龄还单着的，都是有足够的理由的。老朴乐，说你什么理由，我说我有病啊。

　　隔年夏天，林森没有回来。那年秋天，我相到了一个差不离的。初次见面的时候，刘用坐在咖啡厅靠窗的卡座里。不知道为什么相亲流行喝咖啡，一起去撸个串不好吗？至少可以在马路边上豁出去了做自己。我和刘用说完这句话，我俩就去小馆子里撸串儿了。刘用特别没出息，喝多了还吐。

但是他是我唯一相完亲还想联系的，我觉得看他吐的那瞬间，我挺爱他。这之后，我们去打了保龄球，开了卡丁车，吃了变态辣的烤鸡翅。看他被辣得捉耳挠腮的样子，我忍不住仰天大笑。他也笑，那天我吻了他。

第五次约会的时候，我说刘用我想结婚了。刘用眨眨眼，说子鱼，我也想结婚。我们去领证那天早上我问刘用，你在哪儿上班啊？他说我在金融街的投行里上班，我说那还行，咱俩工资加一块儿应该饿不死，然后我们结婚了。

老朴看见我俩的红本本的时候，吓得娃差点儿扔了，说宋子鱼你个神经病，然后又开始哭，鼻头红红的，跟个兔子似的。我说这是我在北京唯一的娘家人，至于我父母，等过年再带你回去吓唬他们吧。刘用说，行，反正我爸妈你已经吓唬完了，也轮着我了。

我大笑，说刘用你个变态。刘用也笑，说变态找变态。

冬天来的时候，我和刘用都搬回了我住的地方，老朴抱怨，说哪儿带这样的啊，说好了都不往家带男人的。我指了指沙发，说宝贝儿，这儿一百年都给你留着，前提是房东不卖这房子。

老朴搬走的时候，我为了不再合租，整租了这套小公寓。刘用来了之后，养家大业就交给了他，我每个月挣的钱全给他，多还我，少不补。

没什么特美好的，两个再正常不过的人。林森在那年年末的时候，发了封电邮给我，说北京的雪景很美。我回他说，我已到达彼岸。我曾经和林森说，我们都是此岸人。感情的那条宽大的河，我们爱的能力太有限，注定跨不过去。

所以在岸边浅尝辄止地爱一爱，也好，好过困死在此岸，也好过淹死在河里。我们都太爱自己，太怕受伤，没有人愿意付出超出理智范围的任何事。后来遇见刘用，他总是身体力行地告诉我，只要愿意，没什么事可以成为感情的极限。只要两个人一起走，哪怕淹死了也没那么惨，何况没准能一起游到彼岸呢。所以那天在刘用的醉眼蒙眬里，我告诉自己，永远都不再做此岸人。

弃 疗

　　露芽敲开我的门时，我刚刚洗完脸，脸上的水还来不及拍干，那一阵重重的咚咚咚便响彻我的门厅。吕清从房间里走出来开门，我说不用了你去睡，我来开，是露芽。吕清一副了然于心的样子转身走回卧室。我拿手在后腰上蹭了蹭，走过去开门。

　　门才开了一条缝，一只瘦瘦的胳膊就晃了进来，扶着我的肩说哎呀子鱼。我越过她的肩线看见站在后面扶着她的吕克。他尴尬地冲我点点头，我一手搂着露芽一手撑着门，说进来喝杯热水吗？茶是喝光了的。吕克摇摇头，转身走了，声控灯唰地灭掉，他轻声地咳了一声，楼道又亮了起来。

　　我反手关门，露芽却一屁股坐在我家门厅里。我拿腿拱她，说你这女人，坐远一点我关门啦！吕清从卧室出来，怀里抱着被褥枕头，一边好笑地看着我俩，一边铺沙发。我蹲着一边给露芽解鞋带一边唠叨：你这死女人，大晚上出门耍，还敢穿这么高跟的系带靴子，真有事不用跑就先摔死了。

　　露芽冲我乐，说子鱼我要洗澡。我扑哧一下乐了，大爷坑儿得好全乎啊，喝完酒还要三温暖。

　　露芽噘着嘴说，我头发里都是烟味，你闻你闻，臭死了。接着一个圆脑袋伸过来，杵在我脸前面，我心里突然难过了那么一小下，然后扒拉开她散发风尘气的脑袋，说先起来喝杯果汁，醉成这样，淹死在浴缸里我可不捞你。

　　我把她拽起来，拉进卧室，她一头栽倒在床上，便再也不提洗澡这件事了。我叹了口气，走过去帮她脱外衣，冲着她的大腿拍了两下，咒骂这神经病女人。但是她早就睡到外太空去了，眼线都没卸掉，一塌糊涂。

关上门出来，吕清已经缩在沙发里了。他说你要不要今天跟我挤沙发。我说不要了，我还是进去看着她吧，万一发神经，我好及时发大招防御。我走过去挤着吕清坐在沙发上，亲了他的脸颊，说你这么好个人，明天给你做虾吃。吕清笑，说红焖的。

我替他关了客厅的大灯，走回浴室。水干后的脸，起了细小的皮屑，我又补了水在脸上，冰凉。面膜放在台子边，我撕开之后糊在脸上，端了杯水走回房。吕清在客厅呼吸沉重，这没心肝的男人，有个枕头就能睡着。

走进卧室，露芽蜷在被子里，睡得不管不顾，我翻身上床，蜷在另一边翻手机。看看时间，00：34。不知吕克安全回家没有，想到这里我微他，说你女人在我这儿睡得不能再开心了哦，你安全归家了吗？过了一会儿，手机震了震，吕克回：到家了，谢谢子鱼姐，我明早去接她。

我心里好笑，这俩人哦，这么大了，还是这样子。

露芽和吕克两个人，纠纠缠缠好多年。我和吕清结婚都

三年了，他俩还在纠缠。感情有时候真的是以很多种形式在
生存的。他俩也不着急，就这么今天吵架明天和好的。但是
分又分不开，谁离开谁都要死掉。露芽是个漂亮姑娘，脑袋
不太好使，说话直接到别人想撞墙，我们认识四年有余，还
是在吕克的家宴上。

　　露芽是吕克的表妹。我们见面之后，两个人不知道为
何迅速抱团，难解难分。到最后，露芽以住在我家前面小区
的地利，外加是吕克他表妹的优势，打败我一众闺密拔得头
筹，成了我每天都要花很多时间联络的第一人。我和她说话
的时间，都要超过吕克和我爸妈。

　　这个臭丫头从来不叫我嫂子，也是，我俩生日前后
也就差三个月而已。认识露芽的第四个月，我开始频繁地
遇见吕克，他总是好脾气地跟在露芽后面，但露芽说，吕
克什么都肯为她做，偏就是不给她拎包。我听后大笑，告
诉露芽说，吕克是个很要面子的人，这么为你，你要知好
歹。露芽总是嘴一撇，眼一闭地说，没事儿，除了我谁要

他啊。

感情到底是个什么东西呢？我和吕清是按部就班地发展关系。工作的时候认识的，进而有目标地接触了三个有余就进入谈婚论嫁的轨道，从认识到结婚一年零三个月的时间，按照科学的情感分析，我们属于完全符合常规的感情轨迹，中间连插播狗血剧情的时间都没有。安安稳稳，与世无争。

相反到露芽这边，感情被她谈得像部韩式晨间剧，鸡飞狗跳几百集，还是原班演员不散伙。

吕克比我小一岁，却也是稳重。露芽是狮子座女生，威风凛凛、女王无敌。吕克被她吃得死死的，指东打东，指西打西。

有时候我都会小家子气地拿着吕克做案例，告诉吕清偶尔也要俯首称臣一下让我爽爽，但是我两个人的心境太过于一致，让我耍个威风我都不知道怎么起范儿。胡思乱想到这里的时候，脸上的面膜干了大半，我又蹑手蹑脚翻身下床，潜进浴室洗脸。看看表，01：08，我的美容觉可以不用想了。

　　第二天一早6：07我就被露芽闹起来了。这小妮子起身跑进厕所抱着马桶不松手，我跟过去给她拢着头发。吕清一脸睡意走过来看热闹的时候，我正闭着眼睛等着露芽吐光光。他靠在厕所门边说，露芽你臭死了。露芽一时无力反击，头都抬不起来。我睁开眼看着吕清，说去烧壶热水，顺手把热水器打开。

　　吕清笑着转身走了。我拱拱露芽，说你直接给我洗澡。臭爆了！你这女人好恶心！大早上跑到别人家的马桶吐！露芽这时候抬起头，说子鱼，李力找我了。我一下子呆住，说他不是去比利时了吗？怎么回来了？露芽说他回来找我结婚呀。我沉默以对。

　　雾气开始蒸腾的时候，我还在刷马桶，我和露芽一句话都没有再说。我心里不好受，她自然更不会好受到哪里去。我不好受是因为吕克，她的话，不好受的地方太多，我也无法替她赘述。

　　总是有那种人存在，自己什么都不要付出，却什么都要得到。上天又宠她，什么都肯给她。于是他们就觉得自己真的是世界的王，来去随性，也不在乎到底扯了几个人的心去。

　　人也是很贱的物种，无论觉得自己多厉害，总有一个人要夺了你的心肝，让你恨不得掏心挖肺也要让他知道你对他的爱有多坚定多无私。就算被抛弃，也要怀念他到死。得不到的总是最好的，忘记了这句话到底是谁说的。李力就是那无情的人，而露芽就是那个贱人。

　　我没见过李力，但是这些年听都要把耳朵听出茧子了。闺密嘛，不就是这样，坐在一起，说说心底的小秘密，分享分享彼此的骚动，吃顿好的，买趟爽的而已。没什么上纲上线的哲学，也没什么必须遵守的潜规则。我是这些年露芽耕耘的一块新大陆，她其他的闺密早就被她和李力的破事扰得不厌其烦。我嘛，外表贤惠内心八卦，就当听长篇小说一样地听她讲，也没觉得腻烦，竟听懂了。

　　李力和露芽是最落俗的那类情人。彼此拿着对方的情窦，在纯真岁月中用小动作填满彼此的整个青葱岁月。然后时间让他们发现在这世界上，情爱是最先可以放弃的东西，因为日子太精彩，谁也不是谁的谁。露芽说他们是在错误的时间相遇的对的人。我说才不是，是什么都错的两个人一起走了一段注定无疾而终的路而已。但我也安慰露芽，我是外人，是观众，我有我的价值观，你是当事人，你想你愿意去想的就好了。

　　我们在咖啡馆里，小酒馆里，KTV里，电影院里，演唱会里以及所有有资格怀旧的地方，把各自心底里的故人拿出来晒了又晒，品了又品，骂了又骂，爱了又爱。两个人哭得鼻涕眼泪一大把地互相嘱咐：不要告诉吕克，不要告诉吕清。可怜的两个男人什么都不知道地在我们各自的家里做着我们最后的堡垒。但这没什么的，反过来的话，我们也是一样会做他们最后的臂弯和肩膀的。谁都有伤，疗伤是每个人的权利。

　　但是故人的定义是被收进心底的人，过去时的人，决不能再被动摇的人。所以李力的出现打破了这个平衡，他变成现在时了。我可怜的露芽。吕克敲门的时候，露芽还在洗澡，吕清给他开了门，我也已经收拾好浴室开始泡咖啡了。很想喝包红茶，但是家里没有了。

　　吕克手里拿着给露芽换洗的衣服，低着头换鞋，我看着他和吕清说话，心里难过。默默期望露芽能想得明白，不要再重蹈覆辙。一个男人，能为了前程放弃你一次，便可为了其他的理由再放弃你一次。我是没有那么大方，允许一个人扔了我再回来捡，但露芽是重情的人，我不知道她会怎么选。

　　四个人坐在客厅里吃早餐，气压低到空气中都能听见嗡嗡声，亏得是礼拜六，不然几个人都不要去上班了。露芽坐在桌前面不动，吕克给她抹面包。我和吕清并排坐着，一起嚼着面包看着他俩。露芽接过吕克给她抹好的面包，只肯吃一小口。我起身，说露芽你来。我们又坐在卧室里，这回两个人都是清醒的。我问她你怎么想呢？露芽不回答。我说吕克是好人。露芽还是不回答。

我说露芽，李力配不上你。露芽抬起头看我，眼里有不确定的光。直到露芽和吕克离开的时候，我都没有听到露芽的答案。吕清一边收拾餐桌一边问我，露芽和吕克这次为了什么吵架？

我走过去抓住他的手说，若一个你爱过的女人回来找你，你会撇下我走掉吗？吕清皱眉，说你还能问出这种问题？我耍赖地说怎么不能，我是女人耶！没有安全感是我的特权。

吕清放下手里的盘子，看着我的眼睛一字一句地说：我，不——会。

我松开他，低下头一起帮他收拾桌子，趁他走进厨房放餐碟的时候，我用手背偷偷擦了擦眼角。他没有给我为什么不会的理由，但是这三个字背后的话，我听见了。那天晚上我给他做了红焖虾，他吃了两碗饭，而且不洗碗。

　　第二年春天，我去参加了露芽的婚礼。她依旧是跋扈地站在一边，穿着个婚纱还不忘了叉腰的也就是她了。吕克杵在她的左边，隐忍地快乐着。我走过去戳他，说天嘞，娶了露芽这么高兴的事你都能笑不露齿，你这个男人也真是了不起。吕克眼里全是笑，木讷地叫我，嫂子。我啧了一声，说嗯，比你媳妇上道。露芽探身过来拉着我，说子鱼，红包呢，给我。我咂了砸嘴，说行，以后你们家有你是亏不了了，然后赶紧掏出红包塞给她。手心里高兴得都是细密的汗。露芽接过红包，一把搂过我，什么也没说，但是再松开的时候，我俩都红了眼睛。

　　这世上，没谁过不了谁，也没谁和谁过不了。感情里虽然没有什么道理可讲，但日子越过你越会知道，那个甘愿时而挡在你前面，时而站在你身后的人，那个你回身就能捉住的人，那个你随叫随到的人，才是一个你可以和他经营生活的人。

　　没有缺席，才是最安全的安全感。可以指望，才是最有能力的能力。我站在台下看着露芽和吕克在台上互诉衷肠，这是我第一次听见吕克说了这么长的一段话。虽然手里的稿子被他捏得皱皱巴巴，但是每一个字都踏踏实实，掷地有声。露芽的眼泪像断了线的珠子一样滚下来。

我一只手紧紧握着吕清的手，一只手胡乱地在脸上擦眼泪，转头找纸巾，发现吕清的眼角也有泪光。我们眼睛一眨不眨地看着他俩，连喘气都小心翼翼的，生怕不能在这幸福里尽兴。

我心里高兴得不得了，这个女人，终于不用我再为她疗伤了。

轨　迹

　　从没想过，我会在这里遇见林森。

　　自从来到这个南国的海边小城之后，就被这里整个冬天漫长的雨季所浸染。潮气总是蒸腾而上，有海草的味道。我裹着厚厚的棉服，坐在店铺门口干燥的石阶上，鼻头冻得通红，在这个潮湿冰冷的冬季早晨，没有什么比一杯热可可更珍贵的，心里这么想着，眼睛直勾勾地盯着蜿蜒而去的石板路，湿漉漉的。

　　我掏出烟盒，抽出一支烟，火苗从打火机中哧的一下冒出来，干瘪的暖。透过白色的烟，我看见石板路的远处，安曼迈着大步走过来。他一只手端着两杯热饮，另一只手好端端地揣在大衣兜里。我用嘴叼住烟，两只手挥舞在空中，眯着眼睛对他笑。

　　他快步走过来，一边递给我热饮一边说，要死了，好端端的要喝什么热可可。早知道你想喝，我们自己买了煮。坐地上多凉，你怎么也不知道自己带钥匙。我蜷在石阶上仰头看着他唠叨，说我正好抽支起床烟咯。他一把推过我，走上台阶开门。我站起来跟在他后面往里走。安曼回头啧了一声，我嬉笑着灭了烟。

　　你这个女人哪儿都好，就是陋习太多。安曼一边擦吧台一边一本正经地说。我噼噼啪啪地摁着空调按钮，说聊天儿都不会的人，好意思说谁啊你。暖风从空调的大口里呼呼吹出来。我解开头发，任由它吹。要死啦，像个女鬼一样站在那里干什么，安曼又开始一本正经地说话。我说我头发冷不行吗？

　　店里的第一个客人当然是约翰逊先生。他戴着那顶四季不变的鸭舌帽走进来，推开门的一瞬间，门上的铃铛不情不愿地叮当响。7：30准时来吃早饭的约翰逊先生，一杯清咖啡，一份法式早餐，鸡蛋要全熟，培根要烤焦一些，这是他太太告诉我的。我一直按照她说的做。约翰逊先生总是坐在靠窗的那张桌子，我递给他一份当天早上的报纸，说早啊您。他和善地笑笑，再无多言。

第一次见这个老人的时候，他和他太太在一起。两个人旅行到这里。一起走进来，约翰逊太太很善谈，事实上她还教给我好几手烤土司的方法以及挑选枫糖的注意事项。他们一共在这个小城里住了半个多月。走的那天早上，依旧散步到店里来吃早点。靠窗位，阳光洒在他们的身上。约翰逊先生喝着咖啡看着报纸，约翰逊太太坐在他的对面，眼睛里有全世界。

我那时候趴在吧台上偷偷地看他们，羡慕得要命。我记得当时我问安曼，我们老了之后，也能那样吗？安曼冲我撇撇嘴，接着转身干活儿去了。但是我发现他也和我一样，偷看了他们好几眼。那天的那顿早餐是怎么也不肯收钱了，一个是对他们经常光顾的感谢，还有就是被我们偷偷看了这么久，早餐作为我们小心翼翼偷走他们甜蜜的补偿。

再见到约翰逊先生是两年之后，他独自一人，搬到这个城市里。约翰逊太太在一个阳光明媚的早上去了天堂。约翰逊先生说起的时候，声音轻轻的，好像怕吵到谁一样，然后他看着我，眼睛里是看不见底的深邃，他说，到了我们这个岁数，早晚的事。好在她先走了，不然这安静的日子她可受不了的。我听完之后，却也真的明白了他的坦然。这之后我端了杯咖啡给他，和他说，每天都来，我们请你喝咖啡。

这一请，就是一年零七个月。看着他这样安然地活着，心中有长久怀念的爱人，不过分悲伤，只是静静想念，我的心里也有了些许安慰。只是约翰逊先生实在是个安静的人，每次来吃早点也不会说太多的话。我和安曼大多数时候也只是看着他的后背，还有戴着鸭舌帽的后脑勺。

但是我选枫糖的时候，会刻意选择约翰逊先生爱吃的牌子。那是他太太无意间告诉我的，从他回来的那天之后，他的法式吐司上，是一定有这味"回忆"的。上菜的时候，约翰逊先生总是和善地冲我笑笑，然后用叉子挑起枫糖吃了又吃。其实只要有惦记你的人，就算你临时要去其他的世界消失不见，在这一世，你也总是活着的。每天每天，深刻地活着。

店旁边的小巷子里有几家背包客钟爱的青年旅社。所以一到八点的光景，店里便忙得不可开交。虽然只有五张桌子，却也是被三五成群的青年人挤得满满当当。因为店铺的早餐有以物换物这种支付方式，所以我也总会收来一些或有趣或奇怪的物品来抵账单。就像今天早上，收来一个羊毛披肩和一本瑞典语的《绿野仙踪》。

那些年轻人嘻嘻哈哈地递给我，我为他们拍了张照片，贴在了店里的照片墙上。而他们给我的物品，大部分会拿去分给街尽头的救济站。有些真的很有趣，会带回家中好好地放起来。这些年用简单食物，一点一点也换了大半个世界回来。安曼也是好脾气的男人，从来也没被我这孩子气的做法惹恼，一起跟我起劲儿地收集物品。有一次一个俄罗斯客人用一枚打火机付了账。那个锡制的刻着一头熊的火机是这些物品里安曼最喜欢的，连我都不能借了去。他就是这样又大度又小气的男人。

　　店铺到九点半之后，就不再出售早点了。正当我背对着门收拾餐具的时候，门丁零一声响了。我转过身，欢迎的"迎"字还没有说出口，手里的刀叉却哗啦啦地掉了一地。安曼听到声音走过来，一边弯腰捡餐具一边用眼睛瞥我。我抱歉地冲他笑笑，然后对着门口叫了一声：林森。

　　显然林森也没有预见到会在这里看到我。他愣在门口，一只手把着门。这么荒唐的见面也真是够巧了。我扑哧一声笑出来，说进来呀，站在门口多冷。林森松了手，门在他身后合上，铃铛丁零零地响。我转头和安曼说，这是我的一位老朋友，很多年没有见了。安曼点点头，转身进了厨房。

　　我绕过吧台，站到林森面前，好笑地看着他，而他的眼晴里却开始有了泪。我拉着他坐下来，问他要不要喝什么，他却一句话都没有，就这么直勾勾地看着我。我用手在他眼前晃了晃，他一把拍下我的手，带着哭腔说，宋子鱼你这个死女人！五年了你就不能打个电话，我去你家多少次啊，你妈就是不肯说你在哪儿。连个地址都不给我，说你嘱咐了谁都不告诉。我每年的每个节气都拎吃的过去，一次也不给我！十几年情分说不要就不要了，你怎么这么狠！几十斤大闸蟹都换不来你一个地址你也真是够了你！哥们儿白那么疼你这么久啊，我心都碎了你知道吗宋子鱼，你知道吗你个白眼儿狼啊！嘤嘤……

他就这么在南国小城冬季的早晨，坐在我小店的靠墙位置，噼噼啪啪地说了很多话，好像要把这几年没有说出来的话都说完一样，急切是真的，那几滴丧心病狂的男儿泪也是真的。我就坐在他对面，静静地听着，直到他发泄完之后，才叫安曼端一杯咖啡给他。

林森赌气不喝，后来实在是被咖啡香味搅得不得安宁，便气鼓鼓地端起来喝了一大口。我说小心烫啊，他露出一副有苦难言的表情，我说烫着了吧你个白痴，他又哼的一声别过头去。

我突然笑起来，说林森我发现你是真爱我耶。林森用眼睛斜楞我，说自作多情的死女人。

我拽拽他袖子，说好了啦，既然来了，中午留下吃饭，我给你做。为了赔你大闸蟹，我给你做肉菜饭。他一边咬牙切齿地答应，一边说，你也真是厚脸皮，甩了我走这么远，这么多年不见面，现在居然开始说吃午饭的事儿。我嘿嘿笑，说本来嘛，跟你我有什么寒暄可说。

林森喷了一声，说你拉倒吧，却也没有反驳我什么。安曼洗了手走出来，我挪了屁股给他腾地方，他伸过手去和林森问好。林森回握，斯文得人模狗样的。我偷偷笑，说怎么不见你对我这么绅士啊，你瞅你刚才看见我的时候，跟疯狗似的。林森瞥了我一眼，说人家又没惹我，你不是惹我了吗。我哈哈笑，说小心眼儿。安曼好脾气地听我俩叽叽喳喳地说话，手放在我的腿上，温热而厚实。

我对林森说，我现在跟安曼一起生活。他点点头，说结婚吗？我说不知道啊，住在一起挺舒服的，走一步看一步吧，现在都没这想法。我转头和安曼说，我要留林森吃饭，我俩去趟市场，你看店好吗？安曼点点头，说寿司快没有了，去买一些吧。我说好。然后拿着车钥匙和林森走出门。

市场在城西边，开车过去20分钟的路程。林森坐在副驾上，我看着他的侧脸，什么都没有变。

林森看我盯着他，说怎么了？太久没看见你美男哥哥，心潮狂澎湃吧！我说呸，我在想怎么才5年没见，你褶子这么多了。林森怒视我的瞬间我一脚油门踩了出去，于是怒视变成了一个猝不及防的白眼。

我哈哈笑，问他，你来这儿干什么？林森说，结婚之前想自己再走一走。我呀的一声，说天哪，哪个倒霉闺女要栽

在你手上啊？林森说，我们单位的，你不认识。之后他掏出
手机找照片给我看，我匆忙瞥了一眼，是个长相干净的女孩
子，眼睛笑眯眯的，一脸和气的样子。我呦了一声，说你小
子可以啊。林森不自知地咧开了嘴，说还行吧。我突然感觉
踏实。爱是藏不住的。

　　我俩停好车之后，大步流星地走向市场。雨依旧在窸
窸窣窣地下，我把卫衣的帽子兜头戴上。西红柿大得好看，
我突突突地跑过去挑起来。林森睘着我，说天啊，来了这边
儿之后是真接地气儿啊。以前让你挑什么菜你都能挑到最烂
的，也真难为你。我说实践出真知吗。之前哪儿用得着我买
菜啊。心血来潮买几次，也就是为了买菜这个场面而买，哪
儿是为了菜啊。林森说，也是，那时候也就高旭吃你做的
饭，那么难吃还说好。说到这儿林森马上停下了。我心里跟
着一紧，接着又释然。

　　我转头看林森，他一脸抱歉的样子。我笑，说没事儿。
都过去了。林森赶紧捡起一个土豆说，这个长得好看，买这

个。我瞅瞅他，说林森，真没事儿。林森揉了揉我的头，说哥知道。

我们两个磨磨蹭蹭地在市场上买这买那。其间还带着林森去一个卖酒大叔的摊位讨酒喝。他看到我过来，张开双臂拥抱我，说安曼呢？我说在店里。我拉过林森，说这个是我哥哥。大叔立刻倒了杯白葡萄酒给他，说自家酿的，尝尝看。林森开心地喝，说行啊子鱼小朋友，人缘儿不赖。我笑，说我是给水就活型的。我们把三袋子食物放进后备厢，我说，林森，我带你去个地方。

我俩一路开车向上，直到一个开阔的平台上面。这是这个小城最高的地方，常年刮风，可以看到很远的海。雨停了，云的深处有光照下来。我拉着林森爬到车顶，盘腿坐着看海。林森从怀里掏出烟，一口点了两支，递给我。我们谁也没说话，就这么在大风里看海抽烟，烟灰吹了一脸。

我突然就哭了。林森依旧沉默，只是听着。风刮得我脸

哧啦啦的疼。高旭，过了五年，我终于为你哭了。我吸了吸
鼻子，拍拍林森，说走吧，安曼要等着急了。林森点点头。
我们一路开回店里。林森一直在看我，我一直看着路。

回去的时候，安曼正站在门口换菜单。我和林森一人抱
了一满怀的纸袋子。安曼接过我的袋子，用眼神谢了林森一
下。我钻进店里，拿脸对着暖风吹了又吹。

11：00开始，来吃午饭的人又多起来。我私心先给林森
做了肉菜饭，配着一瓶啤酒给他端了过去。他笑，说被你伺
候一回可真爽。我笑，一把丢过瓶起子，说你自己打，就又
转身去忙了。一直到1：00，人才少下去。我拿了个盘子，坐
到林森对面，挖他的饭吃。林森好脾气地看着，仰头和安曼
说，你女人吃客人食物。安曼摊摊手，端了另外两个菜走过
来，和我一起挖他的饭吃。

吃完饭之后，我问林森，要在这里住多久啊？林森说，
明天上午的火车去南边。我点点头，说明天我们送你。林森
住的酒店就在巷子里，离我和安曼的家走路五分钟的距离，

我便提前离了店，拉着他去家里面。我说来了就好歹坐坐，晚上我们再去店里蹭饭吃。林森笑，说蹭来蹭去还不是你的钱。我也笑，说那怕什么。我现在有钱。

我和安曼的家很简单，最多的家具就是架子。上面放满了东西，有从食客那儿换来的，也有我们旅行的时候买的，还有一些，是我从家里带过来的。我给林森泡茶，用的是我爸爸送给我的茶杯。我说用来用去，还是这个最顺手，一共带来4个，手滑摔碎一个，心疼了大半年。又指了另一只茶杯给他看，说安曼给我补了一个，却也不好用，我总是冷落它。林森听完，握着茶杯的姿态隆重了起来。我笑，说没关系的。你好好喝。

我又拿了相册给林森，说你看，我这些年，都在这里。他一页一页翻过去，慢慢地，安静地。我仰在床上歇着，眼睛里看着起皮的天花板。过了一会儿，林森走过来，躺到我身边，说打算什么时候回家呢？我偏过头看他，说这就是我家啊。我和安曼的。林森看了看我，闭上眼说，也对。

到5：00左右，天黑下去。林森傻乎乎地躺在床上睡觉。我坐在床上看他，觉得像认识了一辈子一样长。高旭和我一样地依赖林森，可能他比我更严重一点儿。

他开始痛苦的时候，只说给林森听。他的难，他的伤，他的迷茫和他的不甘，这些林森比我更知道。林森总是在我们之中当垃圾桶的角色，好像什么苦痛都对他丧失摧毁能力，只要林森在就什么都好了。这是我们一直以来惯用的认知。

不过当高旭走了之后，我远走音信全无之后，最难过的应该是林森吧。我们都没想到这些，因为觉得林森肯定能好起来，所以带着这样的想法走的。还有因为有林森，所以我们家人也会被照顾得很好，带着这样的执念走的。我们都是自私的人。林森和我们都不一样。

到5：30的时候，我晃醒林森，拖着他去店里。进店的时候已经有吃饭的客人。安曼正在写单子，我赶忙跑进去帮他。林森也脱了大衣像模像样地帮起忙来。我笑着说，没有工钱付你哦。他冲我吐吐舌头。等我们闭店吃饭的时候，已经10：30了。三个人煮了面呼噜呼噜地吃起来。安曼把碗筷都收拾干净之后，拎着一袋水果出来，说这是今天下午约翰逊先生送来的橙子，说买多了分给我们吃。我掏出一个留下，说明早他来给他切开吃。林森看着我们说话，一言不发。

我们在林森的小旅馆前分别，和他说好明早过来吃饭，之后我们送他去车站。林森挥挥手，说晚安。我搂着安曼的腰，在夜幕中冲他挥手，说晚安。第二天一早，林森走进店里，安曼提着他的箱子放进车里，又折回来给他煮咖啡。我笑着说，安曼挺喜欢你呢。我都不见他给我煮咖啡。林森咧开嘴笑，说我必须是人见人爱花见花开啊。我泼他冷水，等你回国就好生伺候你老婆大人吧。

约翰逊先生准时来吃饭，除了法式早餐，我还给他切了橙子。我说您送的橙子太好吃了。约翰逊先生点点头，依旧笑得祥和。我走到林森桌旁和他说，你到南部有人接吗？林森摇头，说未知数一场。

　　我点点头，说这才是旅行啊。你什么时候这么懂生活了。他不抬头，说从你们都走了之后。

　　我哑然，好在这时有客人进来，便也就停了这场谈话。来到车站，火车已经在等了。我和安曼一路送林森到车厢里，看他找到一个靠窗位坐下。

　　我突然不知道怎么和林森道别，我从来也没有和他道过别。林森看看我，说走吧。我点头，拍拍安曼，说走了。子鱼，林森在我身后喊，我停下，他走上来，抱抱我，在我耳边说，高旭爱你，只是他没有机会说给你听。

　　我的泪又要落了，赶忙推开他说，我俩的事我有数，你照顾好自己。我冲他吐吐舌头，走下火车。我拉着安曼站在林森车窗的底下，对他扮鬼脸。林森也一直嘻嘻哈哈地笑，干脆放了窗下来和我说话，他说你快结婚吧，别拖了。我说好。他说我会给你写信的，你想回的时候，回我一封报平安就好。我说好。他说子鱼，差不多回来看看，大家都想你。我点头，然后抬头对他说，林森，别怕，总会再见的。

汽笛鸣起，载着我的爱和过往。大概过了半年之后，我收到了一个包裹，里面有林森和他老婆的合照，还有一套茶杯。和我爸爸送我的那套一模一样的。这个疯子，漂洋过海地寄瓷器来，也真的只有他。我拿给安曼看，他点头笑，说这下好了。

送分题

晚8：00，宋子鱼依旧在办公室里敲敲打打，手边堆满了待处理的文件，刚冲的咖啡在文件中间悠闲地冒着气。她把皮筋从腕子上撸下来，两三下扎起头发，马尾扫在脖子上，痒痒的。

再次看向屏幕的时候，子鱼能明显感到自己的额头微微泛油。她拿手背蹭了一下，苦笑着继续埋头打字。突然林森的QQ头像开始闪烁，子鱼点开。

林森：妞儿，下班儿没有？

子鱼：没有。

林森：这么凄凉？饭否？

子鱼：否。

林森：一会儿你楼下粥铺？

子鱼：我喝冰糖莲子的。

林森：得嘞。

子鱼关掉对话框，继续回到工作，但是她的心里好受很多。嘴角也微微扬起，喝了一口咖啡，居然觉得这样的日子也还不错。人果真要有一个支柱才可以所向披靡，子鱼想。

林森站在子鱼办公室门口的时候，已经晚上9：30了。这时候的子鱼依旧在整理着各种各样的文件，林森撇撇嘴走过去，说妞儿，就出个差你要跟准备后事儿似的吗？宋子鱼一个文件夹飞过去说：到一边去，这个里面的合同帮我校对。林森眉毛一挑，说哎哟哟，合着我管饭不够还得当免费劳力啊？子鱼点点头说：对。林森扑哧笑出来，说你这奇葩。

然后两个人面对面坐着，子鱼喝咖啡，林森咬着嘴唇低头看文件。果然，林森看到两个问题，两个人又一起修修改改，终于在指针指向晚上10：00的时候，关掉电脑庆祝下班。

两个人走向电梯，子鱼的高跟鞋在寂静的楼道里嗒嗒嗒地响。林森说，你们这办公楼，晚上没人的时候肯定闹鬼。子鱼一拳打到他肩膀，说对，闹讨厌鬼。

走出大堂的时候，保安大爷说，宋小姐，又这么晚啊。子鱼点点头，说李师傅，今天又是您这么辛苦。林森走在子鱼的旁边，眉间有着略微的心酸。他们并排走向夜色的时候，林森说，你这加班仔。子鱼笑，说：你不也是。

两个人走进粥铺，店里人很少，角落里坐着一对情侣，喝着啤酒聊得很开怀。夜晚的饭馆有着跟白天不一样的调调，少了匆忙，空气里充斥的都是真性情。老板娘走过来，说子鱼你们今天又这么晚。子鱼咧嘴笑，说是啊是啊，所以老板娘，快赐予我们食物。老板娘笑着说，林先生老早就过来，说给你点碗冰糖莲子粥先做着，这都温一会儿了。子鱼转头看看林森，林森冲她眨眨眼。

一会儿工夫，伙计端来两碟小菜，是林森喜欢吃的海带丝还有老醋蜇头，子鱼每次都点给他。还有林森万年不变的豆角焖面和子鱼亿年不变的冰糖莲子粥。他们靠窗坐着，可以看见夜归的人匆匆走过。

林森问子鱼，周五回来单位派车接你吗？子鱼点头，说当然。林森说，还是我去接你吧，然后咱俩到簋街搓去？子鱼笑，说你就惦记吃。林森想说我那是惦记你，但是他没有。子鱼看林森欲言又止的样子笑得一口粥掉回碗里，说成啊，你接我。有人抢着接真爽。林森嫌弃地看着她的粥碗说，你这个女野人。

他们又一起聊了聊工作上的事儿，还有一些听来的好笑的故事。子鱼又没头没脑地给林森讲了几个冷笑话，冻得林森狂翻白眼。吃饱喝足之后，两个人和老板娘打了个招呼走出粥铺。林森去开车，子鱼走到路边等。她看着林森消瘦的背影，逆向在街灯里。子鱼突然很想抱抱他。

车开在三环路上，子鱼说，林总，你最近是不是又瘦了啊？林森笑着说，估计是你又胖了显得。子鱼翻了个白眼给他，说真讨厌，我说真的呢。是不是没睡好啊？林森点点头，说最近事情多，有的时候睡得晚。子鱼一瞪眼，说那可不行啊，你得德智体美劳全面发展。林森一边打转向灯一边笑，说白痴。子鱼也跟着笑，说真讨厌。

车停在子鱼楼下的时候，林森车上的电子表显示11：40。子鱼抱歉地看看他，说你看又这么晚，你到家得12：00了。林森笑笑，说晚安。然后他冲宋子鱼摆摆手，安静地消失在路的尽头。

宋子鱼回到家，还没来得及开灯，就看见小刀从漆黑的客厅里啪嗒啪嗒地跑过来蹭她。子鱼蹲下来抱抱它，抬手开了灯。看着空荡的屋子，她突然觉得寂寞。

出差的那天早上，宋子鱼带着小刀下楼，走出楼门的时候，林森正靠在车上等她。小刀见了林森就开始呜呜呜地哼叽。子鱼顺势送了手，小刀唰的一下跑到林森身边。林森打开车门，小刀扭着屁股跳了进去。子鱼叹气，说这个没出息的白眼儿狼。林森嘿嘿笑，说没白疼它啊。宋子鱼看着后座的小刀和喜滋滋的林森，无声地笑。

看着子鱼坐公司的车走远了之后，林森打开车门，放小刀到副驾驶，两个人向家开回去。一路上林森的电话响个不停，是林森的老板打过来问怎么还没有来上班，林森一边说着早上有点儿闹肚子一边冲着小刀偷偷笑。

坐到工位的时候，林森的老板三两步走过来，说林森你搞什么鬼，下午开会的材料赶紧给我，林森抽出材料递过去，说老板你就这么想我啊。然后老板苦笑着摇摇头，说谁想你。快干活儿。林森想发条信息给子鱼，问她登机了没有。但他的手碰到电话的一瞬间，电话吱地震起来，是子鱼。

他接起电话：怎么了妞儿？

子鱼：没有啊，就是告诉你一声儿我马上登机了，登机就得关手机了。

林森：知道了，买瓶水没有？

子鱼：买了。小刀乖吗？

林森：这时候估计已经把我鞋子叼得满屋都是了。不过没事儿我晚上回家收拾。

子鱼：你别太宠它啊，不乖你就揍。

林森：这是亲妈说的话吗，啧啧。

子鱼：林森。

林森：啊？

子鱼：等我回来带着小刀一块儿过来住吧。

林森：嗯。啊？啊？

子鱼：拜拜啊，落地了再打给你。

挂了电话的子鱼指尖微凉，略微紧张的她觉得口干，于是她赶紧咕嘟咕嘟地喝下一大口水。林森在电话那头，嘴角咧到耳朵根儿，那天中午他一口气吃了三碗饭。

我们的人生都是一场漫长的考试，做完填空还有选择，做完选择还有简答，这么多这么多的难题里，有我们至今无解的，也有我们做错的，还有一些，是考试中的送分题，他们的出现会让你轻松地在这场考试中拿下分数。你会觉得一路有他们，人生这场大测验，其实也没有那么难了。

有困难的时候，他们总会站在你这边，无条件地让你拿到满分。哪怕你整场考试都错了，但是在送分题这里，你永远是满分。

这些送分题，都是那些理所应当的，建立在常识上的，你一定会做的题。答案就住在你的本能里。希望我们都能珍惜这些送分题，珍惜这些善意的恩赐。

爱情这件糟心事

12月27日，我和林森降落在仁川国际机场。

从墨尔本40度的高温里飞进零下8度，其中的刺激那不是一般语言可以描述的。长途飞行搞得我跟逃难一样，头发油油地贴在肩上，脸颊也开始暴皮。站在航站楼里才发现，我和林森的手机全部都不能用了。好在Wifi还能用，我赶紧给老朴发微信，说天王盖地虎，我们到了。老朴唰的一下回过来，宝塔镇河妖，你快出来。我哈哈笑，和林森说你看这神经病。

前些天我和老朴视频聊天的时候，林森就见识到了我俩这火焰般的友谊，所以对老朴，他也没有太多期待，他

说人以群分，你身边都没有正常人。我一把搂过他的肩膀说，小朋友，你也是我身边的人啊。

那天老朴打电话过来的时候，我正和林森为了谁去刷碗大眼瞪小眼地对视着，手边的电话不停地发出视频聊天特有的嘀嘀嘀。扛了三五秒，我还是不经意地瞥过去，林森立马叫着说，"你眨眼了，今儿你洗"。除此之外，配着他标准的露齿大笑，还比了个V给我。

我咬牙切齿地摁下了接通键，瞬间冲进我大脑的是一大片白花花的薄纱，以及老朴踩了鸡脖子一样的大叫，"北鼻，快看我婚纱怎么样？"听到这一嗓子，刚要迈腿逃跑的林森噌的一下坐了回来。我抬手一指桌上的碗，他立马抬腿走人了。我冲着他翻了个巨大的白眼，由于太巨大，翻得我头直晕。老朴在电话那头又开始嚷嚷，"哎，宋子鱼，嘛呢，问你呢。"我赶紧转过头来，正对上她泛着桃花的脸。我说："老朴，说婚纱之前，咱先说一件小事儿行吗？""行啊。"她大大咧咧地边点头边抻裙子。我一嘬牙花子，说："你先别抖搂了。抬头，告儿我一声，你要嫁谁啊？"

老朴，1987年生人，腿长，胸脯子大，过肩到胸的长波浪发，1.76米的个子，身上也没有什么富余肉。哪儿哪儿都正好的特别招人恨。第一次在那个北方小城见到她的时候，我居然有种惊为天人的窒息感。我们两个人同专业不同班，认识了三个月不到顺利同住在一起。一住就是三年。

我和林森推着行李车走出去的时候，老朴一下扑过来，我手忙脚乱地把她扒拉开，说："老朴，注意克制。"老朴仰起脑袋冲我乐，灿烂得跟朵向日葵似的。

我和老朴熊抱了一番之后，抽出眼睛越过老朴的肩膀向后看了一眼，一张干净的脸映入眼帘，我小声地和老朴说，这就是你要嫁的小白脸？老朴拧了我一下说呸，这是我准男人，南宫哲。

这之后我们和南宫哲同学进行了热烈而团结友爱的问候，我说："啊哟，你是好同志，牺牲了自己解救了广大的单身男青年哪。"老朴扑哧一声笑了，说他中文不太好，你别逗他啊，然后她转头看着林森说，你才是真的想不开，把这个妖孽收了。之后我们四个热热闹闹地走向停车场，我看着南宫哲大步走向自己车的背影，小声地和林森嘀咕："这孙子，不哼不哈地就把我压箱底儿的姑娘给撬了。连赎身的钱都没替她交。"林森哈哈一笑，说："得了啊，人家给你买机票让你过来玩，你还怎么的？"我撇撇嘴，说这是钱的事儿吗？这表达的是我对老朴千金不换的心情！说罢我一抬腿迈进了车里。

我们一行四人，开车向城里进发。天气很好，阳光努力地绽放在天空。

好久没有见的老朋友和陌生的城市。没有什么比这个搭配让我更开心了。我拍着南宫哲驾驶座的椅子背说，跟我说说，怎么就把我们这如花似玉的老朴同志拿住了？老朴回过头，说你要让他拿中文跟你讲咱都得撞死在隔离墩子上，我告儿你。

缘分有时候确实是个浑蛋玩意儿，你想和谁有缘分的时候，它基本都处于歇菜的状态，以致你都觉得是不是月老拿着你的红线织秋裤去了。但是当你不再相信缘分了的时候，偏偏就又跳出来吓唬你。

老朴在盛夏的季节就这么被吓唬了一下儿。当时老朴正从一家咖啡店里举着一杯狂热的大杯冲向公交站，就这么好巧不巧地，在冲出店的一瞬间和一个人撞了满怀，咖啡洒了那人一身一裤子，夏天穿得轻薄，哥们儿别提多疼痛了。多亏他怀里抱着一摞书，外加闪得快才没被一杯咖啡烫了。但是更好巧不巧的是，这哥们儿居然是被老朴在大学时拒绝过的韩国留学生。

说到这儿的时候我忽然一龇牙花子，左手狠拍了林森大腿一下，跟他说，我知道这是谁了！林森疼得直抽抽，然后干净利落地甩开我的手。

这哥们儿严格意义上说，我不能算不认识，我听说过没见过。他当时顶多算老朴罗曼史里的一个小插曲而已，我俩都没有当回事儿。

　　老朴之所以姓朴，是因为她是朝鲜族。讲话一口纯正的民族腔，因此在学校的文学社里霸得社长头衔，和韩国小伙子小妞儿们打得火热。但也仅仅就是吃饭K歌的革命友谊。唯一擦出点儿火花的也就是这个韩国小男孩儿了。根据老朴当年的描述，这哥们儿很深沉，个子挺高，长得白白净净。但是姓名从来没提过，所以我对他的印象也就是个白净男。今天见了真人之后，觉得还不错。

　　在老朴对她和南宫哲奇迹般相遇的这段描述里，并没有对重逢的喜悦进行过多的琢磨，而是对她瞬间失去了一杯价值32元人民币的美式咖啡表示了深深的遗憾和惋惜。

　　南宫哲在看见老朴的那一瞬间震惊了，拉着老朴的胳膊不撒手，俩人回到咖啡店，聊了个昏天黑地，其间老朴止不住地看着南宫哲裤子上的咖啡渍，后来两人一起去买了新裤子，转战了酒吧继续聊。分别时他们互留了联系方式，紧接着南宫哲开始潜移默化地关怀着老朴。潜了不多不少的三个月，南宫哲就这么把当时深爱的姑娘移到自己户口本儿里了。听完了之后我直接傻了的状态，心里琢磨着果然智者说得对，你以为走远了人和事就走了，那是因为你还没有活得足够长，知道他们最终都会回来。不过说真的，老朴当年还真为他动摇了那么0.03秒，但是在她看见申旭的一刹那，这点儿小念想噗的一下迅速自我瓦解了。

一想到申旭，我心中翻涌着无数个问题想问。不过在这么个一团和气的当口，我也不好提这个可以让老朴笑中带泪的名儿。

到了老朴家，我被这个三室一厅的小家彻底撞了一下心。真温馨。幸福洋溢在每一个物件儿上，一掐都能掐出水儿来。厨房很大，是老朴喜欢的开放式大厨房。之前我们一起租房的时候，她就总唠叨将来有了家，一定要个敞亮的厨房。

我还记得当时申旭站在她身边，眼睛里闪烁着对未来希冀的样子。时间真不是个好东西。带走了什么，还一定要在你心里搁下点儿什么。

　　林森到家就歇菜了，倒在床上进入长久的挺尸状态。南宫哲同学尽心尽力了一路之后，告辞赶回公司上班。我摸着肚子和老朴说，我饿死了，咱吃饭去吧。老朴说，家对面的参鸡汤店怎么样？我记得你喜欢吃汤汤水水的。我一边挽着她胳膊往脚上套鞋，一边说走着。

　　和老朴认识8年有余，彼此谁也说不清楚当初无条件相信对方的原因是什么。说来也好笑，军训的时候因为同样散漫而迅速抱团，然后两个人一起说着好想自己租房子住呀诸如此类的片儿汤话，结果就这么半推半就地住在一起了。志同道合很纯粹。不过后来我发现，老朴的为人和她的长相完全没有一个地方能画上等号。

　　当初我以为她是志玲姐姐风范的小女人，在她张嘴的瞬间我发现原来她走的是接地气儿路线：嗓门大，吃得多，体育白痴外加二愣子。很多时候我都和老朴说，你要是坐着不张嘴，那简直是完美。当然说完这句话之后总会被她的长胳膊抡几下儿，但是我也忍不住要说出这个真理，真不是我欠招儿，是这人长得忒不科学。

我俩盘腿坐在鸡汤店里。因为是下午1：00多，基本没有人来吃饭。我说这店很难吃吗？怎么没有人？老朴哈哈一笑，说这边的饭局开得晚，都是下午四五点以后才上人。我说这都什么习性啊。店主阿姨笑得一脸慈祥地走过来，老朴问我，想吃什么呀？我说这不是参鸡汤店吗，吃参鸡汤啊。老朴哇啦哇啦说了两句。店主阿姨婀娜地下去了。

老朴拿过我的杯子给我倒水，我看四下没人，探过头去小声问她，喂，我说，申旭知道你要结婚了吗？老朴看了我一眼，把杯子放在我面前，说你干吗憋着声儿啊，这儿第一没人能听懂中文，第二没人认识申旭。我嘿嘿笑了一下，立马挺直了腰板。

其实不是我贱招儿，在老朴开始新人生的时候提她的前男友戳她心窝子。是我真的有点儿没缓过来劲儿，当初老朴含羞带臊地跟我说要结婚的时候，我就想问她申旭去哪儿了，在张嘴的瞬间又觉得这么个复杂的问题不是电话里能说清楚的事儿也就作罢了。可我不能不问申旭的去向，因为在我的脑海里，老朴和申旭必须成双出现世界才正常。要是那时候老朴说她不想嫁给申旭了，那真是地球都不会自转了。

申旭和老朴两人高中就勾搭上了，两个人手牵手地度过了高三，又手牵手地跨进了同一所大学。老朴读了文学，申旭读了经济。这在他们老家那个小县城的高中里，被传为一段佳话。郎才女貌，夫妻双双把学上。我理解郎才女貌这个评价。说才子佳人太对不起申旭。他真的只剩有才了。当然老朴总说我是庸俗的女人只看长相，我反驳她说，要在可以在乎长相的年纪里，稍微地矫情点儿，省得以后半老徐娘了再悔恨终生。

申旭长相比较模糊，整体感觉比较学究。瘦，永远架着黑框镜，据老朴说，申旭的嘴长得最好看，唇型特性感，搞得我这么多年来都没好意思仔细看过申旭的嘴。

申旭比老朴矮一厘米，为了这短短的一厘米，我从未见过老朴穿高跟鞋。有的时候参加个聚会，她身上穿着派对裙，脚上也踩双匡威笑盈盈地站在申旭边儿上。我说："你这是什么路数？"她嘴角一扬说："土鳖，这叫混搭。"于是她和申旭就这么混搭了9年。

我在第一次见到申旭的时候，认真地问过老朴，你究竟看上这爷们儿什么了？老朴娇羞地一笑说："我觉得他学习好，特聪明。"我一口气倒吸进嗓子眼儿。我说："没了？"她说："高二的时候，我俩坐前后桌，有天申旭给我讲怎么解方程的时候，阳光照在他左侧脸，他眉毛微微拧着，我觉得特帅。"听了这么个励志的故事，我不禁深点头。本来嘛，那个年纪，看对眼也就是一瞬间的事儿。

老朴和申旭从16岁起，开始了青涩懵懂的初恋，初恋在大一下学期的时候变成了初夜。那天老朴抱着自己的小被子和申旭一前一后地走出了我俩的出租房。这之后，老朴脸上开始呈现疼痛的模样。

他们在一起很长时间，时间长得开始淡忘最初。两个人长久地黏合在一起，以至我想起老朴的时候，就能想到申旭，看见申旭的时候就能想起老朴。这种剥离不开的专属感在当时的我看来，真是太美丽了。在现在的我看来，真是太可怕了。而且更惊悚的是，老朴居然嫁的不是他。

　　参鸡汤端上来的时候，我被它迷人的外表俘虏了，拨开它胸脯子的一瞬间，里面的馅料蒸腾得我热泪盈眶。我一边吹气一边说，林森这小子没口福啊，就知道睡。

　　老朴坐在我对面，眼睛里有蓬勃的光芒。我发现自己很久没有这样面对面地见到老朴。我们都是在手机里见面，彼此的脸映在左下角的小格子里。我们在毕业后的三年里，就只在这四寸的小屏幕里同出同入过。毕业之后，老朴跟着她妈举家搬迁到了韩国，我拎着箱子远走澳大利亚求学。有时晚上看见视频聊天嘀嘀嘀响起来的时候，我真的从心底感谢乔布斯大叔，让我和老朴可以借助这么一小小的屏幕继续苟且维持感情。有的时候两人对着屏幕哭哭啼啼，有的时候两人对着屏幕笑得丧心病狂。不过也还好，因为高科技和固执的坚持，我们并没有在彼此的生活里错过太多。

彼此分开期间，我恋爱了，我失恋了，我遇见了林森，我们开始住在一起，我说不清自己和林森在一起是因为心理需求还是因为生理需求，我只知道我要和他在一起，我得和他在一起。

不过从我认识老朴的长久岁月里，她故事里的男主角从来没有变过，申旭爱她，申旭不爱她，申旭为了她要辞职去韩国了，申旭决定不去了，申旭出轨了，申旭打电话求原谅，和申旭和好了，申旭和以前不一样了，直到那天老朴说她要结婚了，我才发现，我有一年没有听见申旭的名字了。

我俩回到家里，林森还在睡觉，我进屋坐在床上看着他，睡着的样子像个白痴。我趴在他耳边说，林先生，给你打包了好吃的参鸡汤，现在起来还能吃口热乎的。然后腾的一下，他坐了起来。

那天傍晚的时候，我和老朴手拉手地去逛街，留下林森和南宫哲两个人在家里打电玩，有时候我觉得男人之间的交际特别简单，一起吃一起喝一起玩儿就行了。要说这儿我最喜欢的地界儿是仁寺洞。卖的东西都是我喜欢的小玩意儿。店铺一家一家立在街道两边，有的晶莹剔透，有的琳琅满目。我走了一条街，包里开始鼓鼓囊囊地揣满了首饰、发卡、包挂这些在林森眼里绝对是祸害的东西。在一家手工制作银戒的店里，老朴给我买了友谊戒指。这是我们之间的第三个友谊戒指了。毕业的那年一起去买了一个，有一年我生日，老朴漂洋过海地给我寄了一个。那个时候我拿着这枚戒指坐在租来的小屋里哭。出租的公寓在15层，我站在窗户根儿底下使劲儿地哭。那天夕阳来得不算晚，北边的天空粉白一片。

我努力地睁着眼睛，想看见海的另一边，即使我知道，我这是一种矫情作祟的没有意义的眺望。现在是我们之间的第三个戒指。右手没地方戴了，我把它戴在了左手的食指上。老朴说，你现在这个戴这里，以后的订婚戒指戴哪里？我哈哈笑，说直接就套结婚戒指不就完了。

我俩拖着四条残腿坐在咖啡店里的时候，已经是晚上

10：00多了。大街上人声鼎沸，车水马龙。这个城市真是太丧心病狂了，大晚上这么繁华，让我们这种从晚上6：00全部商铺打烊的偏僻乡村来的孩子，一次又一次发自肺腑地感慨真是大都市啊这样的话语。

我们点了两杯榛果拿铁。我要了中杯，老朴豪迈地要了个大杯。我说你这大晚上的不打算睡了吗。她一边从桶里抽吸管一边说，我这是穷人乍富不行吗。说这话的时候，老朴笑得没心没肺的。我心里却酸了一下，因为我见过她为了申旭系紧裤腰带过日子的模样。那个时候我心疼她心疼得想把全世界都给她。

当时正是老朴和申旭情比金坚的阶段，但是他俩在我眼里就只有一个字来形容，惨。申旭家境很一般很一般，大二那一年，申旭爸爸生了一场大病，家境从很一般跌至贫困线。生活费从每个月1200元直线下降到500元。

老朴家底儿还行，花钱不能说较大手大脚，但也算是花得无忧无虑那种。就这么个没心没肺的姑娘，为了申旭，两年没有买新衣服。申旭晚上出去打工补贴家里，挣的钱没有一分花在老朴身上。老朴也开始打工，钱基本每一分都花在了申旭身上。

老朴家每月给的她生活费扣了房钱也就那么一点点。老朴懂事，从来不伸手多要钱。那时候开始，她和申旭进入了无休止的打工模式。俩人开始在家做饭吃，一天只炒三个菜。一个荤的申旭吃，老朴吃素菜。

这么过了一段时间之后，老朴的骨头在瘦巴巴的身躯里肆意地支棱着，她拒绝了我合厨的一切提案，就这么和申旭苦哈哈地活着。妆也不化，衣服也不买，申旭倒是总有新衣服穿。老朴的解释是申旭是男孩儿，太凑合了别人会瞧不起他的。

我唯一一次和老朴动气，是在一个初春的晚上。

那天我回家，正撞见老朴自己煮泡面吃。头发盘在脑袋顶，肩膀瘦得我都不想看。我冲过去一把抢过面碗，哗的一下倒进池子里，开水溅在我手背上，小针儿扎着一样疼。我冲着老朴大喊，接着我俩抱在一起呜呜地哭，哭完之后我拉着老朴到街对面的小饭馆儿，把他家所有的荤菜都点了一遍。那顿饭吃了我216.5元。

我抱着膀子看着老朴和申旭坐在我面前狂吃，眼泪又不争气地要往外流。我赶紧眨巴眨巴眼睛岔开话题，说老朴你真行，我说给你好好补补，你还拖家带口的。申旭抬起头，嘿嘿笑着说，还是子鱼好。说完这句话之后又闷头吃起来。我转过头瞅瞅老朴，她冲着我深深笑了一下。我当时，心真的碎了。

这之后，他们依旧恢复了苦哈哈的生活，老朴还是乐呵呵素面朝天地去上课，每天活在无休止的上课打工里。那个时候老朴说，最幸福的事儿就是下了工坐车回家，远远就能看见申旭站在车站等她。俩人手拉手走回出租房，申旭吻她的左眼皮，说老婆辛苦了，再吻她的右眼皮，说老婆晚安。

在我孜孜不倦努力下，我和老朴还有申旭达成了协议，每周末可以和我厮混一天，改善伙食。我私底下找过申旭，我说你别往心里去，姐们儿没别的意思，就是疼你俩。申旭点点头说，子鱼我知道你是疼朴娜。你到现在还没有和朴娜说让她和我分手，我谢谢你。我瞪着申旭，咬着后槽牙说，你以为我没动过这心思吗，但是老朴爱你。说完这句话，我头也不回地走了。这是我和申旭进行过唯一老朴不在场的谈话。

有天晚上躺在床上，老朴爬上来，我们背对背躺着，看不清彼此的表情。老朴说，子鱼你也不富裕，没必要对我俩这样。我说你想得美，等你俩当大款了，给老娘养老。老朴没说话，转过身一把搂住我的腰。我憋着劲儿深喘了一口气，说老朴你个傻瓜。

当时老朴也不是没有别的选择，很多五好男青年对她都很上心，那叫一个随风潜入夜，润物细无声。当时老朴和我偶尔说起这些此起彼伏的追求者的时候，眼睛里有零星的光。我理解老朴，那个时候，这些人的条件只比申旭强不比申旭差，她只要随便牵住谁的手她就解脱了，申旭也不能说个"不"字。

老朴也不是无敌女金刚，多少个晚上我听见她闷在被子里哭。但是老朴在物质和感情面前，义无反顾地选择了后者，就这么快刀斩乱麻地把那些痴情学长学弟们的心切成了渣。后来就没有后来了，老朴继续拉着申旭的手笑得像个傻瓜。

我和老朴面对面坐着，屋里的暖气开得很足。我们一人捧着一杯热咖啡，看着它一寸一寸地蒸腾。我问老朴，说你爱南宫哲吗？她说我喜欢和他在一起。不累。她又反问我，你呢，你爱林森吗？我说，我和他在一起踏实。于是我俩对视着傻笑。我说完了，咱俩绝对老了，感觉和长相都不是第一标准了。

老朴说，子鱼，你不用为我担心，咱都不是放不下初恋的年纪了。老实说那时候我和申旭分手，分得干净利落。我俩都没有过多地留恋。因为太没波澜了，我俩自己都有点儿不适应。我俩觉得，好像只要在一起，就是爱对方。但其实从很久以前开始，我俩就是不同世界的人了。这件事我知道，他也知道。但是这么多年了，谁也舍不得。可是后来时间长了，这些舍不得也就没有了。所以我俩分手的时候，就发了两条短信，我说分吧，他说好。

我点点头，说也挺好。老朴说，分了之后的那几个月我是挺难受的，但是比俩人在一起的时候舒坦一点儿。我接着点点头，说我懂。

老朴说，有些东西，攥得越紧越有松手的欲望，松了反而好了。我一仰脖子喝完了杯子里的咖啡，说走吧，后天你还得结婚呢。这两天不要熬夜。黑眼圈多丑。老朴哈哈哈地笑，凹了个造型给我，说你姐姐我这是万年不老的容颜，我说行行行，走吧小妖精。

到家的时候，林森和南宫俩人正在一人穿个小背心儿手舞足蹈地玩儿赛跑游戏，我说你俩这大晚上的这么激情四射的真的好吗！然后我和老朴也手舞足蹈地加入了他们。

一天后，老朴的婚礼如期举行。她和南宫哲俩人站在台上说了什么我一句都没听清，我站在边儿上一个劲儿地哭，哭得鼻涕眼泪一大把，林森稳稳地站在我边儿上，一张一张地递着纸巾。那天的照片里，老朴美得像世界小姐，我眼睛肿得像两个熟透的桃子。

老朴幸福完了之后，甩了一把家门钥匙给我，就拉着南宫哲的手去欧洲度蜜月去了，临走之前，我和林森去机场送他俩，我说老朴，在你的地界儿送你，我怎么觉得这么别扭呢。老朴扑哧一下笑出来，拉过我的手说，姐们儿我这次算把自己交代了，你也差不多快点儿的吧。林森正和南宫哲俩人站在我们身后，四只手乱比画着不知道在说什么。我突然觉得这个画面特别美。

送走老朴他们之后，我和林森在这里又多待了三天。在江南的商业街上，林森给我买了一条项链，是很久以前我在杂志上看见的。当时我挥舞着杂志跟林森说，你看这个，真好看。这话说完我就忘了，林森一直都记得。在大澳村搜寻无果后着实遗憾了一段时间。结果这事儿过了一年多，在我俩都差不多忘了的时候，兜兜转转地又碰上了。果然缘分是个有意思的玩意儿。

项链儿上面的小钥匙贵得我心尖儿疼。我说林森，你这是扮演韩国高富帅男主角拿糖衣炮弹收买我给你当一起吃烤五花的平凡少女吗？离开的前一天，我俩一起去了南山塔，两人在情人锁的铁栅栏上锁了一把大锁，上面写着林森爱子鱼。我看着林森虔诚地锁着那把锁，心里变得无限柔软。

在金三顺里的长阶梯上，我拉着林森跟我玩儿剪刀石头布，他哭丧着脸不愿意。那天我一直赢一直赢，一级一级地往顶端走，林森在我下面，好脾气地陪我玩儿着这种脑残游戏，我渐渐发觉他离我越来越远，于是开始掉头往下跑，林森吓一跳，小声喊着子鱼怎么了你？

我不管不顾地跑到他面前，站定了之后，我看着他的眼睛，说林森我爱你。气息喘得有点儿急，说完这句话之后，我开始大口地倒气儿。林森愣了一秒，嘴角微微颤抖，仰起脸来说，我早就知道了。

宋莉莉的冬天

　　我跑到宋莉莉家门口的时候，她房门洞开，屋里漆黑一片，我的心狂跳起来。

　　我告诉自己，要是看见血或者什么其他的东西，一定不能慌。然后我走进去，啪嚓一声踩碎了不知道什么东西。客厅突然传来沙哑的女声说，琪琪，你看着点儿脚底下啊。我嗷的一声叫出来，手机哗啦一声掉在了地上。然后我看见宋莉莉坐在对着门的沙发上，窗帘大开，城市的霓虹灯在她背后忽闪忽闪的。

　　我呼出一口气，捡起手机跨过一地狼藉扑了过去。我说宋莉莉你有毛病啊。搞得跟案发现场似的干吗！然后我猛然看见宋莉莉腮帮子上的泪痕，璀璨地反着光。我蹲到她身边说，到底怎么了。

她把手机甩给我，我赫然看见了马小苏和童伟搂在一起的夜店照。我咬牙切齿地看着，问宋莉莉，这回是彻底歇了吗？她点点头，一抹脸站起来说，走吧，哭一天了，我饿。

我们拿上钥匙下楼去吃麻辣香锅。宋莉莉点了最辣的那种，然后吃着吃着，眼泪又开始流出来。我早就被辣得鼻涕眼泪一大把了。可是宋莉莉不断地夹藕片给我说，喏，你爱吃。我的眼泪就流得更汹涌了。热火朝天地吃了个晚饭，我们在饭馆儿门口分别，我抱了抱莉莉，她拍了拍我的后背。

照片的事和童伟的事，我们再也没有提。于是宋莉莉和童伟这场旷日持久的爱恋，倾塌在一锅的红辣椒里。四天后宋莉莉挥着手向我小步溜达过来，她的眼睛里又开始流窜着炯炯的神采。我心里暗想，这个女人，心里面的过滤网真大，估计连地球都能漏出去吧。

我拉着她在好似掺了水的冬日下走街串巷地瞎溜达，买小玩意儿，下小馆子，仿佛一切都未曾改变。然后在天擦黑的时候，我们各回各家。

三个礼拜之后，传来宋莉莉再恋爱的消息。这一回的对象，是个老实的男人。宋莉莉说，我们是朋友介绍的，这个冬天太冷，我实在不想一个人过。我想问她你爱他吗？但是又被自己这个恶俗的问法吓住了。爱这个概念，需要太久的时间去诠释。

谁又能说，在爱情的最初，自己究竟是什么原因与对方聚拢在一起的呢。宋莉莉说，我们第一次约会，他站在街角的便利店前等我，怀里鼓鼓囊囊的，看见我之后，从怀里掏出一罐奶茶。我一摸，温的。

然后我们吃了顿饭，其间他一直一直在听我讲话，偶尔抿着嘴给我夹菜，最后走的时候，他跟我握手，我一下子就笑了。他看着我说，其实你真的很好，我一下子又哭了。

他掏出手帕给我，我很久没见过用手帕的男人了。我说谢谢你。他说明天我们去吃火锅。

我笑，说宋莉莉，冬天很快就要过去了呢。

静 止

老朴来电话的时候，我正裹着羽绒服在楼下遛狗。

小彬今天疑似便秘，围着大院走了15分钟也没有动静。老朴的声音乐颠颠地透过电波传过来，说姐们儿，周六咱同学聚会你来吧？我想都没想回道，不去。老朴喷了一声，说我可听说吴桐也来，你舍得不来？我的心忽悠地沉了一下，急躁地吼回去，你不刺激我能死是吗？

老朴乐得脆生生的，说来吧来吧亲爱的，我这么爱你。我说去一边吧，别得意忘形。

我的一句粗话还没有冲出口，脚下忽然一软。三秒钟之后，我举着手纸怒吼小彬的名字，楼道的声控灯应声唰啦啦地全部亮起来。正巧楼上邻居家阿姨遛弯回来，对着我艰难地笑了一下，说子鱼，遛狗哪。我赶紧哈腰答应嗯呢。

如果说有什么比踩到狗屎更让人无语，那就是周围那些无事生非的人的蓬勃喷涌的好奇心了。大院里住着的都是老邻居。成员有：姥爷的诸多战友，张爷爷，李爷爷，王爷爷，爱姓什么姓什么的爷爷；爸爸的同事，张叔叔，李叔叔，王叔叔和爱姓什么姓什么的叔叔，以及我妈同单位的各种阿姨闺密。还有就是这些叔叔阿姨爷爷奶奶们的儿子儿媳，女儿女婿连带着各个年龄层的娃娃们。要说这应酬量，还真没有只说你好再见这么简单。

我每天坐电梯下楼上班的途中都能遇见要么回来要么出去的隔壁魏奶奶，话题从在哪儿上班和干什么工作，到挣多少钱和有没有男朋友，循环往复了一年半有余。我面露灿烂笑容有问必答，心中苦不堪言。不知道这奶奶是真的没话找话说，还是就真的岁数大了什么都记不住。我很害怕这种不走心的应酬。奶奶真的是随口一说而已。但是我会记得我已经说了一年多的我还是单身。

　　住在大院里的好处有：安全、安静、绿化好，邻居都是熟人有照应，和小伙伴们住得近。坏处有：八卦传播速度快，大家知道你是谁，大家知道你全家连带狗是谁，小伙伴他妈，小伙伴他妈住在你的楼上楼下。

　　小学到大学，学习是妈妈们互相比较的话题，这之后，找了什么工作挣多少钱又占据了鳌头。再之后，结婚与否就成了大院热门话题排行榜上经久不衰的话题。随着越来越多的喜字在楼门口贴了又摘，摘了又贴，大家问起我的感情状况的时候，语气从随口一问慢慢变得加入了更多的语气：惊讶、遗憾、恨铁不成钢外加略带炫耀的关切诸如此类。在这种时候，唯一和我站在一起抵抗世界的人，就只有老朴了。但是她比我强。

　　拉着小彬上楼，走出电梯的时候，看见李月正和她老公走出来。见到我之后，李月笑盈盈地说啊呀，子鱼，最近老也没看见你了，啥时候咱们一起聚聚啊。我也笑着说，就是啊，那天遇见你妈还说让我去你家玩儿。你看我这忙的。接着对她老公点了点头。大家擦身而过。这个什么时候聚聚，我俩说了得有N年了。

但是我们都知道，我们绝对不会主动坐在一个桌子上吃饭的。因为我现在除了她叫李月、住在我家对门、已婚、有身孕，我对她一无所知。她对我也一样。我们刻意地不关注对方太久了。这些基本信息也都是妈妈们来回说的时候被动接收到的。

从0~15岁，李月是我最好的朋友，老朴都不如李月和我好。我们从生下来就是对门。幼儿园到高中，上的全部都是一个学校，但是从来没有同过班，她学理我学文。除了吴桐没有人比她在我的青春里驻得深、驻得久。但是我们分道扬镳得也很彻底，没有任何原因。

没有揪头发互吼的场景，没有同时爱上一个人这种狗血剧情，也没有吵架到脸红脖子粗的记忆。唯一改变的是岁数，以及日益不合的心境。我们就这么没牵没挂地走向了两个不同的人生。李月什么都没赢过我。

从平时考试成绩到最后考的大学，都是我赢，但是生活上她赢了。顺利毕业找到工作之后的半年，李月就把自己嫁掉了。现在她怀孕四个月，用我妈的话说就是人家什么都没耽误。这种话我听完了很搓火儿。但是这是事实。

回到家之后，给小彬擦了爪子，它就一头闷进我妈的怀里了。有奶就是娘的玩意儿，我忍不住吐槽。我妈一仰头说，这叫识时务者为俊杰。

第二天7：30，我准时把车停在十号楼楼下，老朴正直挺挺地站在那儿，举着个小镜子，用新入手的大刷子往脸上刷粉。看见我车过来，目不转睛地抬腿走过来，我赶紧伸手给她开车门，安全带勒得我直吸溜。我说你这又没起来化妆是吗？人民教师用这么全身心投入事业吗？光带脑子不够吗？

老朴低下头从包里掏出眉笔，说为师与你没什么可说的，我不是作为人民教师才化妆，我是作为一个女人化妆。

接着她鄙视地看了我一眼，你这种万年素颜是不会懂的。我回了一声，一脚油门开了出去，老朴在车里，脸不变色心不跳，从容地化完了最后一笔。

开到老朴学校门口，她转过头和我说，中午过来我这儿吃啊，我妈昨儿炖了排骨给我带着了，特意做了你那份儿。我一掰车头，继续向前开了10分钟，右转再左转，停在了公司停车场。一看表8：02，能抢到楼下食堂的炸油条妥妥的。

这家公司规模不算小，待遇不算那么好。但是环境比较自由，无功无过就能生存，适合安稳地干到退休。没有太多的竞争，旱涝保收，离家不远，加班不太多，于是工资多少也就不是第一考虑因素了，也不能什么都合适不是。

公司的地理位置不错，在资深学府聚集区，周围好吃的好玩儿的特多，就是待死不死的，挨着老朴他们大学。老朴大学考到了师范，毕业之后按部就班地当了老师。她命好，还当了大学老师。我说你这样的都混进人民教师队伍了。我孩子的未来太令人担忧了。每次这个时候，老朴就用一句不咸不淡的"你先有了孩子再说此话"回击我。

　　我拎着油条从容地走进办公室，打开电脑，喂鱼，给花花草草浇完水之后，打开视频，趁上班前，一边看一边吃我的油条。油条在我们公司，是早起的鸟儿有食吃的典型代表。一天就炸这么些，先来先得。我每天都要吃两根以显示时间的富余程度。

　　到了8：20，同事们陆续走进来。我们不和对方打招呼。这是我上了班之后第一个学到的东西。就是绝对不要有事没有事地打招呼。厕所里遇到的时候，办公室里擦身而过的时候，电梯里遇到的时候，不用没话找话说地秀礼貌，当大家是透明的就好了。因为大部分人路过你的时候，并没有拉家常的心情。刚开始的时候我固执地坚持着问好，在大家长久地不太搭理我的状态下偃旗息鼓。我慢慢接受了大家是同事而已，没有必要太走心这件事。

　　上班之前我很怕自己变成老油条，棱角全无。真正上班了之后才发现以前想多了。你根本没有时间去考虑这些事情。棱角会不会被磨没是你最不需要去想的事情之一，因为你要考虑的事情比这个具体多了。比如怎么待人处事，怎么和领导汇报工作，怎么写办公邮件，怎么和供应商周旋，怎么不得罪人地推掉你不该做的工作诸如此类的细碎事情。至于你的个人骨气问题，人生理想，不甘的小火焰什么的，没有人在乎。

生活中最可怕的事情是什么？我觉得是不在乎。就像我现在，已经不在乎太多事情了。在五斗米面前，在生活面前，精神上的追求全部崩塌。因为你还不具备追求的资格。不折腰吗？我没钱。鄙视世俗吗？我没阅历。以前我绝对不会承认这些事情，但是被现实扒皮外加抽嘴巴太多次之后，我对自己的剖析慢慢变得全面而客观。脾气什么的，自己收着吧。

就像现在，琳达踩着十厘米的细高跟红底鞋嗒嗒嗒地走过来，柔声细语地说，子鱼哦，你这个设计又被毙掉了啦。那你不要着急，找设计师一起再开会吧。我的气血瞬间冲进脑子，我压着嗓子问她，这是改过的第7次了。我是做网站啊姐姐，不是做海报好吗！前期设计拖了我3个月，后面我还做不做了？每一次都是按照领导意思改的。做了黑的要白的，做了华丽的要简约的。设计师快被我逼疯了。这么下去什么时候能结束？琳达一摊手，说天晓得？这不是我的问题。我点点头，说谢谢。

接着我坐电梯到25层的露台，冲着满城繁忙的事不关己地怒吼了一声。深吸几口气之后，我拨通了设计师的电话。他那边儿估计正顶着一头乱发爬起来接电话，声音里有焦虑的慵懒。我说汤米，设计稿又被毙了，你可能还得改一下配色。

电话那边传来了经久不衰的骂声。我说嗯，好的，改吧，要不然前期设计完不成，你也做不了后台搭建不是吗？汤米沉默了一会儿说，把意见发邮件给我。我争取周三给你新的。挂了电话以后，我站在露台吹了5分钟风，冻得我眼睛都睁不开。都是一粒尘埃啊，我们。

周六早上6：30，老朴摁响了我家的门铃。我穿着睡衣爬去开门。我妈我爸站在厨房里做早餐。半导体里面放着新闻，粥的味道弥漫在门厅里，暖融融的。自打他们双双过了50岁之后，这种夕阳红的场景就总是冲进我的眼帘。

每次我都说你俩别老在我面前秀恩爱。我单身到快去报复社会了好吗！我妈特别想得开，也不和我一般见识，就说一句话：你嫁出去就行了。反正挣的钱不够租房子，甭挣了，赶紧嫁。你嫁了愿意几点睡、愿意吃什么随便，甚至愿意几点回家也没人管啊。我觉得什么事儿都因为我没对象而受到阻挠特别没劲，但是我找不到反驳的理由。

老朴穿得整整齐齐地站在我家门口。我说姐姐，6点多，你不用这样吧？她进门之后跟我妈我爸问了好。转头冲我眉毛一拧，我怕你跑路我先过来截你。我一翻白眼转身回去往床上跑，老朴一把薅住我的后脖领子，说你给我洗澡去。

铃子8：00过来接咱们，咱俩先去把头发做了。我简直震惊了。我说大姐，理发店8：00开门吗？老朴叹了口气说，你去的那种才叫理发店，我都去美容院。提前约好了，你跟我走吧，不然咱2：00到不了SOHO。

等我包着头发走出来的时候，老朴端着粥碗正喝得心花怒放，看我出来之后说，你什么都不能吃啊，今儿得完美，吃多了脸肿。我愤怒地指着她的鼻子说，凭什么啊？我前三天除了你妈那顿排骨就再没招呼过菜，都按你说的蔬菜水果清肠，我瘦了呢。不信我上秤给你看。老朴一扁嘴说着，瞅你这点儿出息，然后又赶紧回头跟我妈说，阿姨我没别的意思啊。我妈一点头说，确实没出息，看见肉比看见我亲。我一扯浴巾冲回屋。床上已经摆了老朴给我找出来的衣服。我抓着那条黑裙子对着老朴嚷嚷，大姐，今儿零下3度，这裙子你觉得合适吗？

我妈眉头皱了皱眉说，是挺冷的哈。老朴一招手说，没事儿阿姨，有车。我说穿这样儿我腿都迈不开我不开车！老朴哈哈一笑说，今儿肯定得喝点儿，有铃子开车呢。我妈一

副心领神会的表情。

等我终于穿戴完毕之后，7：50。我含情脉脉地望了一眼桌上的粥，和我妈我爸还有小彬说了拜拜之后，被老朴拖着走出了家门。真特别冷啊。铃子的车稳稳地停在大院门口，看我俩走出来，吭哧一声打着了车。

上车之后，我坐在后座上拉脸子。铃子回头看着我说，呦嗬，豁出去了啊你这是。我说甭招我啊，我肚子里没食儿容易狂躁。这时候老朴甩给我一袋酸奶，说你真以为我会饿死你啊。我接过酸奶一下子笑容灿烂了，按照老朴的话说，就差摇尾巴了。

做头发的时候，我俩老老实实地坐在凳子上聊天聊地、聊八卦。3个小时之后，我们终于得到了自由。我们一人顶着满脑袋的卷儿走出了美容院。车开在三环路上，不算堵也不算通畅。话儿怎么说的来着？这叫车行缓慢。

吴桐和我怎么说呢，挺好的，没什么化不开的矛盾，是前男友和前女友的关系没错，但是也没什么深仇大恨。只不过是青葱岁月都会经历的苦恋而已。唯一要说很难过的事情可能就是彼此慢慢不想继续在一起了这件事而已。

　　分手之后，我们还是保持着联系，毕竟是一起长大的朋友，我这辈子也没几个认识超过20年还很熟悉的朋友。微信朋友圈里大家互相调侃调侃，没事儿的时候也互相发短信打电话聊天。其实作为朋友来说，吴桐挺好的，至少我俩说话不费劲。

　　但是事情的转折出现在今年的3月，吴桐开始在朋友圈里传了一张他自己的结婚照。不是做得特唯美那种影楼照，是一张结婚证上的红底照片。我看见的时候正好是中午间休，坐在我的小格子间里，胸口像堵了一块大石头，看着大家留在他照片下面的恭喜啊，老婆真漂亮啊这样的话语，我一言不发地把他拉进了黑名单，电话QQ全部删除得一干二净。我很愤怒。不是他找了别的女人，而是我和其他人一起得到这个消息。

　　一天之后，吴桐开始打我的电话，他打我就挂，这么折腾了一番之后，手机没了动静。晚上回家的时候，吴桐站在我家楼下。我再一次感慨，住一个大院真他妈的无语！我俩走到楼前的小花园，进行和平友好的会谈。

他说你干吗给我删了啊？

我说我懒得理你了可以吗？

吴桐一笑，说怎么地我结婚你心疼啊？

我说装什么大尾巴狼，咱俩分手都多少年了，我心疼个毛线。

吴桐看着我说，做朋友不行了是吧？

我点头，好像是不太行了。我看见你我烦。

吴桐咬着下嘴唇说，成吧。

他在6月的一个温暖的周末办了婚礼。

喜帖送过来的时候，我递了个红包给我妈，说你们替我给了吧。我那天有事儿去不了。

我是有事儿，我开车去了趟北戴河。这是我和吴桐第一次出来玩儿的时候去的地方。那时候我们都上小学，爸妈单位组织休假，大家坐着大巴车轰轰烈烈地开过来。我们一群小孩坐在最后两排，叽叽喳喳地玩儿游戏聊闲天儿。

我从来不把小孩儿当小孩儿看，因为我们小时候的复杂程度足以让我不能轻视这个群体。那个时候我们的话题已经从还珠格格跳跃到二班谁和谁是一对儿了这样高深的话题了。我坐在靠窗的位置，有一搭没一搭地听着，吴桐坐在我旁边，手里举着袋儿萝卜丝，不时地冲我晃晃。

我俩五年级就喜欢在一起，是柏拉图爱情的典范，手也不好意思拉一下，拥抱更是想都不敢多想，顶多就是我多看他一眼，集体活动的时候永远和他在一起玩儿。春游的时候我和他在一起吃各自带的零食，而他经常用自己的零用钱给我买冰片儿和萝卜丝儿吃。

那时候觉得夏天特别长，生活热闹得不像样子。每天一大堆朋友聚在一起说东说西，一起上学一起放学，喜欢的人总在自己的左手边，伸伸手就能碰着。然后是朋友开始分三六九等，谁比较有出息，谁比较有钱，谁的爸爸比较厉害，谁出国了。身边的人越来越少，能肆无忌惮地什么都说的就更少了。我和吴桐都发现了原来生活里有比冰片儿和萝卜丝儿更重要的东西。用句特俗的话说，我们改变了生活，生活也改变了我们。

这个男人在我的生命中存在了太久的时间，我的整个童年、少年时代里都有他的身影。我知道他喜欢吃什么不喜欢吃什么，而且连原因都知道。比如他不喜欢吃茄子，是因为有一次在小饭桌吃饭的时候，茄子里的子儿让他觉得特别恶心，他就矫情地再也不吃茄子。我也知道他喜欢的乐队，喜欢的电影，喜欢的餐厅和最喜欢东华门筒子河边儿上的哪一张椅子。

可是时间让我们一年一年地认清了自己，所以我们告别了对方。

说分手之前，我犹豫了很久，我害怕吴桐离开之后，我的生活整个都不对了。因为他是我生活的组成部分，如果他不在了，我还是我吗？可是我们分别之后，他依旧是我生活

的组成部分，好像没有特别多的差别，除了不能给我拥抱和
亲吻。

不过那天我告诉自己，真的得告别他了。他不再是我专
属的记忆。他已经开始存在在别人的记忆里了。这么想着的
时候，我心里紧张得直抖。我觉得自己很贱，但有谁能不管
不顾不疼不痒地丢弃旧爱呢。我是没勇气。我只是等到了生
活带给我的结局而已。

开到北戴河的时候，是11：30，中午的太阳特别晒，我
把车停在路边，一脚深一脚浅地走到海边儿，海水脏得我都
懒得下去。记得那时候我们来，每天天不亮大家就一起约着
赶海去了，直到吃午饭也都泡在水里不愿意上来，现在看着
觉得特别不可思议，但是那时候觉得太好玩儿了。

大家一帮人在水里嘻嘻哈哈地瞎折腾，洗澡的时候，每
天都洗一池子沙子。爸妈皱着眉头威胁说差不多得了，泡秃
噜皮了没法看了，也不能阻止我们。我俩捡了一堆贝壳儿带
回家，可回家了之后觉得怎么看都没有在海边儿看着漂亮，

于是全被父母们如释重负地处理了。刚开始觉得好可惜，我还哭了一鼻子，但是一天之后这事儿就被忘了。

这之后我又去了无数次的北戴河，没有一次比得上那次尽兴。所以说，很多事情，最好的只有一次，就算你没完没了地重复做，最好的也只有那一次。对的时间，对的心境，对的人。

那天以我在海边坐了十分钟之后，就满世界找饭馆吃饭而告终。而后我又长途跋涉地开回来，在中间休息站停车上厕所的间隙接到了老朴的电话，说得很短，因为她喝多了。

她说：你个傻瓜，咱们真老了。

现在的老朴倒是清醒，但是我和吴桐已经有大半年没有说过话，说真的我连他老婆长什么样子都没记住。我只记得当时照片上吴桐的表情。坐在港茶店里的时候，我都快饿死了。我不顾老朴的横眉冷对，点了一大碗皮蛋瘦肉粥。呼噜呼噜地喝起来。SOHO这地界儿，最接地气儿的就是这港茶店了。

等到2：00，我们向旁边楼的咖啡店走过去。老朴说了，卡点儿去的就只有瞩目咱们的份儿了。她一身轻松蹦跶蹦跶地在前面走。

走进去的时候，李月和她老公已经来了，正和其他到场的同学热烈地聊着天，我看见吴桐坐在长桌的一角，他的老婆坐在他左边。两个人正对着手机不知道在说什么，笑得很老夫老妻。

大家嘻嘻哈哈地说着话题，我突然由衷地觉得，长大了真好。

林森进来的时候，我们都已经到饭馆包厢续摊了。看见他进来，大家都吵着让他自罚3杯。但是转眼就都看到他胳膊上的黑箍，我们唰的一下安静下来。我问他，林森你这是……他平静地说，我爸走了，有一阵子了。本来说不来扫兴了，但是我挺想你们的，过来看看大家。

不记得是谁先哭的，反正我们都哭了。

林森他爸，是我们小学的语文老师。人特别偶觉，当年我们很羡慕林森有这样的爸爸。偶尔在大院里面遇见，大家也会问个林老师好。每年的教师节，大家都会给他家邮筒里塞个贺卡之类的。这个习惯我们大家都保留到现在，今年的教师节刚过了没几个月，我们都没想到这就是林老师最后一个教师节。我心里很难过，想着当时要是上楼看看他多好。

林森说他爸走得有点儿突然，脑出血，一下子人就没了。他妈到现在也不能接受这事儿。

说昨天人还好好地说周末想吃条红烧鱼，怎么今天这人就没了呢。

那天回去的路上，我和老朴都没有说话。来之前，我们都在想自己的事情：我早就消逝的爱情和老朴辛苦维系了多年不能见光的感情。我们感慨日子过得太快，我们还没有做好理智面对人生的准备。会为了同事的一句话，父母邻居的一个眼神而怨天怨地。觉得生活貌似没有好好地对待自己。不过这些事，在死亡面前，都薄弱得不堪一击。

如果一切都没了，灰飞烟灭了，我们还会纠结这些无所谓的别人的眼光吗？有什么比真实地活着更重要的事情呢？
我和吴桐依旧是不相交的两条平行线。但是我们恢复了基本
邦交。逢年过节彼此生日都会短信问候。我还是会有偶尔想
断交的念头，不过自己朋友幸福美满也不是件坏事。

　　生活依旧是这样，很多未知的事情，父母在老去，
小伙伴都变成老伙伴了。不知道自己什么时候会丢了工
作，晚上想着真的嫁不出去了怎么办，担忧地在床上辗转
反侧。时间跑得太快了，很多事来不及做，太多话来不及
说。这些都是我太害怕的事情。不经意间的错过，见一面
少一面的惆怅。

　　我太希望时间可以在一切都对的时候就这么静止下去。
爸妈不会变老，大家还都像以前一样嘻嘻哈哈。我时常忍不
住回味过去的那些好时光，偷偷跑到自己的回忆里仔仔细细
地把他们好好地看一看。抽回到现实的时候，虽然遗憾，心
里却也不再空荡。

关于春华的一切

程浩走出教导处的时候，看见春华坐在花坛的石台上，背后迎春花开了一片。他愣了一下走过去。操场上正放着广播体操，大喇叭带着回声嗡嗡地响。

春华仰起脸，淡淡地问道，明天几点的飞机？程浩说，中午11：00。春华站起来说，哦，那你9：00就得到机场。走吧，我送你去大门口。

程浩站在原地没有动。春华转过头来说，走啊，咱得有始有终。我得看着你走了，这事儿才算真完了。

于是他们一起，走过了那150米的甬道。路过操场的时候，春华用余光看到大家或横平竖直，或漫不经心地做着操。这是一个普通的礼拜二早上。没什么特别。唯一不同的，就是春华今后的人生，可能就没有这个叫程浩的人了。

两年的时间够做什么的呢？足够让你爱上一个人一辈子然后刻在每一个细胞里再也剥离不出去吗？

可是你爱他什么呢？春华使劲儿想了想，居然没有一件可以拿出来说一说的事儿。聚在一起的，都是零星的碎片。比如他手掌的温度，眉宇微微皱起的样子，他记笔记时，偶尔托一下眼镜的样子。还有就是，每天下午大课间的时候，程浩递过来的酸奶。

春华想，同一件事，连续不断地做了快两年，这应该，算喜欢吧。还有程浩打球的时候，总是习惯性地把兜里的东西都掏给场边的春华。偶尔周末上街的时候，程浩的手机钥匙和钱夹也一定是随手扔进春华的书包里。春华想，这应该，也算是喜欢一个人的表现吧。

春华问程浩，喂，纽约和北京的时差是多少啊？

程浩说，现在是春天了，12个小时吧。

春华哦了一声，没有再说话。

走到大门口的时候，程浩的爸爸站在车旁边，一边抽烟一边和司机聊天。春华看了程浩一眼，说，走吧。程浩张了张嘴，春华挥挥手说，别，什么都别说。闭嘴，转身，走。程浩握了握春华的手，使劲地捏了一下，春华皱了皱眉头，什么也没说。然后砰的一声，从此再无共度的青春时光。

下操了，身后一片喧嚣。好像一个梦。什么都发生了，又什么都消失了。春华掠了掠挡在额前的头发。转身走去，眼泪浸湿了衣领。但春华不知道，程浩也不知道。

堵车时期的爱情

那一年在北京。

那场大雪纷纷扬扬地飘下来，忙乱的京城一下子停了下来。不是因为洋洋洒洒的雪洗净了尘嚣，而是因为交通瘫痪，大家都趴在路上，动弹不得。宋子鱼坐在331路公交上，看着窗户上被哈气糊了一层又一层。路灯一颗一颗亮得认真，雪落在光圈上面，一刻也不停歇。她转过头，一眼就看见了齐子健。他背着书包，站在她一米远的另一边。宋子鱼看着齐子健微微皱起的眉，心里开始百转千回起来。

宋子鱼暗恋了他一年零三个月，她知道他的每一个表情和喜好，而齐子健却好像从来不知道，这世间有一个人，爱他爱得小心又浓烈。

其实那一天，很多人都是沮丧的，被困在这个城市的某一个角落，动弹不得。赶不上飞机，赶不上晚宴，赶不上朋友的生日，赶不上见谁的最后一面。但是那天宋子鱼很开心，丧心病狂的，小心隐忍的。她执着地告诉自己，这是缘分，老天爷给的。于是她鼓足勇气，轻声叫了一声，子健。齐子健偏过头，看着这个穿着同校校服的女生，眼神愣了一下。他努力在脑海中检索她的名字，却一无所获。但是子鱼向旁边错了错，露出半个凳子，说站着多累，过来凑合挤挤吧，不一定要堵多久呢。

这句话宋子鱼说得通顺流畅，舌头没打结，语气也没颤悠，表情自然随意，如果摒弃掉心脏在她贫瘠的胸腔里唐突地横冲直撞的话，那这算是一次成功的调戏。子鱼记得很清楚，齐子健盯着自己看了那么几秒，眉头突然松开，朝着她两三步走过来，街灯映在他身后的玻璃上，车窗外有那么几声零星不甘心的喇叭在鸣叫。

宋子鱼的心跳得很厉害，她努力地保持平静，齐子健坐下来的时候，旁边的阿姨好心地往里错了错。于是他们就很近地挨着坐，小心翼翼地控制自己的身体，这么坐了一会儿之后，齐子健小声地在子鱼耳旁说了一句谢谢你。他靠过来，子鱼闻到了他身上的淡淡皂香。

子鱼笑笑说，没关系啊，站着多累，不知道还要堵多久。齐子健问，你是哪个班的？二班。子鱼答。哦。齐子健回。这之后，他们很长一段时间没有说话。雪一直在下，没完没了，像没有明天一样。他们礼貌地聊着天，没有太深入的言语，也没有什么心灵的碰撞。只是说着刚结束的月考，聊着明年要分文理的话，彼此怎么选。齐子健斩钉截铁地说，我肯定要学理的，背书这种事我不灵。宋子鱼笑着说，我就喜欢背书。

这个时候，司机开始喊话，说你们要是没几站的，下车走吧。这堵到不知道几点了。宋子鱼低头看看表，7：39。

她虽然很希望时间就静止在这一天，她可以和齐子健永远停留在这场大雪里，但是明天还要上学，她肚子很饿，妈妈还在家等她。于是她站起来，说子健，我要下车走了，我家很近，走回去也行。齐子健点点头，说那你路上注意安全。宋子鱼笑着挥挥手，跟在其他人后面下了车。雪落在她的睫毛上，痒痒的，冰冰的。空气很凉，凝结了宋子鱼细胞里的温存。她走了一段路之后，突然想起，她没有告诉齐子健她的名字。也没有告诉他，她很喜欢他。

这之后，他们频繁地在学校的走廊里，操场上，水房以及小卖部里见面。每次齐子健都会对她笑着点点头，宋子鱼也会低声地和一声，子健你好。再无其他。宋子鱼依旧在每日的生活里，默默地用眼神和心中的小小空间爱着齐子健，诸如他的每场球赛，他笑起来时挑起的嘴角，他骑单车时，校服在他身后肆意飞扬的样子诸如此类的庞杂的琐碎细节。子鱼在这些并没有她自己的画面里，独自幸福着，自私又肆无忌惮。下雪的日子对于宋子鱼来说，从此不再只是普通的气象变化而已。漫天飘落的雪花承载了她所有隐秘的爱恋。

文理分班的时候，子鱼选了文科，依旧和齐子健没有任何交集。泛泛之交一样，又好像有些不太一样。比如宋子鱼遇见齐子健的频次越来越多，齐子健在某一天路过宋子鱼身边的时候，叫了子鱼的名字。子鱼礼貌地点头问候之后，走出三步远，突然心像被淋透了清凉油一样地莫名发痒，细想了一下才发现，在她爱了他第十九个月之后，自己的名字终于第一次从那张唇线微扬的嘴里吐了出来。

这之后，很自然地，他们开始交谈，宋子鱼突然发现，因为在这段感情里，独爱了这么久，她比自己想象的更了解齐子健。在爱他的过程里，也爱上了他所有的爱好，他好像一直活在自己的身体里一样。于是齐子健也觉得，居然好巧不巧地找到了在这个平行世界里的另一个自己。

一个下雨的傍晚，在回家的路上，齐子健拉了宋子鱼的手。有的时候，在一起只是个简单的动作而已。那个晚上宋子鱼哭到失眠。她觉得这世界上，童话里的"美丽结局"真的存在。只是她那时候，年轻地以为一辈子很短，自己总能掌握生活的秘密。她并未领教过现实，她只是单纯地以为，爱里只有爱。

高三是忙碌而暴躁的。宋子鱼和齐子健的第一次战争，爆发在一模的前夕。两个人约好在学校门口的餐厅见面，简单庆祝一下他们爱情开花的第一百天。那个时候不像现在，情人在一起庆祝不兴什么太花哨的东西，就是送个简单的礼物，吃个饭，明目张胆地抱一抱，小情话腼腆地说一说，如此而已。只不过那天，宋子鱼连这点儿温柔都没有享受到。

齐子健的理科班最后一节课是物理，他们的老师讲卷子讲得昏天黑地，全班人都处于高度疲劳的状态，以致齐子健把去餐厅庆祝这件事忘掉了。他拖着书包走出教学楼，趁着天未全黑，打车回家了。宋子鱼一个人坐在餐厅里，赌气不给齐子健打电话。当自己的肚子开始咕咕叫的时候，宋子鱼愤怒了。这是第一次，她对齐子健不满，这种感觉折磨着她的心，比被放鸽子了还让她难受。

她决定忘记这个感觉，宋子鱼点了菜，自己吃起来。齐子健匆匆赶来的时候，宋子鱼正咽下最后一口汽水。她仰脖子的瞬间，余光里出现了齐子健抿着嘴，小心翼翼的脸。宋子鱼站起来，拎起书包走过去，说你结账吧，礼物在桌上，就一晃身走进了夜色里。

这之后，齐子健赶上来，抓住她的肩膀，说自己不是故意的。宋子鱼点头说我知道。齐子健说你还是不高兴了，宋子鱼低头不说话。她不知道应该说些什么，本身就不算太大的事儿，她自己知道，只是她第一次体会了感情可以被其他事替代的滋味，这让她恐慌。生活突然横在他们的情感里，宋子鱼不知道应该如何体味。生气吗？有点儿，但是他们又能怎样呢？这个小插曲在紧张的学习中被冲散得无影无踪，他俩就像好了伤疤忘了疼一样继续在最该奋斗的岁月里，拉着手慢慢走。

　　填志愿的时候，他们并没有相约一定要去相同的学校。那个时候，能做主的事儿太少了。他们只能不停地祈祷，彼此都留在北京就好。可是怎么说呢，生活就是这样的，太顺利，就没有故事可说了。所以他们没有考到一个城市。齐子健的成绩走了麦城，考到了河北。而宋子鱼依旧留在北京。

　　当时两个人都慌了一下，不过后来又一想，反正离得也不远，还是可以经常见面的，也就释然了。那个暑假，他们徜徉在爱的沧海桑田。旅行、看演唱会、聚会、轧清晨的马路，他们每天几乎都在一起。然后在齐子健离开北京的头一个礼拜，他们两个在一起了。那天齐子健哭了，说子鱼我们要一直在一起。宋子鱼心里像扎了倒刺一样的疼，咬着嘴唇使劲儿点头。然而那夜之后，他们很多年没有再见面。

　　大学的日子变得现实了很多，每天都脚踏实地地过日子。想问题也冷静了很多。大家变得小心翼翼起来，不再说一些海阔天空的话。本以为可以经常见面的两个人，被时间和距离打败。他们没有熬过第一个学期，齐子健最终爱上了另一个人，那个女孩笑容很甜，长头发，搂着子健脖子的手，手指修长。这是后来子鱼偷偷跑到网上看到的。和宋子鱼不同的是，这女孩会自由奔放地大声说爱他，当然，这个女孩离他更近，就住在他的对面楼。早上睁眼就能看见，喜怒哀乐，都可以感知到。有相同的朋友，一致的槽点。细节打败爱情，往往就是这么简单而让人力不从心。宋子鱼接到齐子健的分手电话，那个晚上第一次抽了烟。呛得她泪流到嗓子里，然后第二天太阳升起，埋葬了所有的爱。

这之后，就是漫长的涅槃。失了爱的人，都懂得这两个字的重量。她花了几年的时间，拼凑起了碎裂的心，再度让它运转起来，也逐渐忘记了齐子健。她已经想不起来当初那些细腻而执着的爱来自哪里，也早就不知道它们都一并去了何方。她唯一知道的，就是没有永远这件事。一旦成了永远，就是恒地的死了。

10年之后的北京。雨下起来的时候，宋子鱼并没有意识到这将是载入史册的一天。她依旧出门去过自己的生活，以致被持续不断的倾盆大雨堵在了某个过街天桥的下面。那里面站了几个人，真的很狗血，宋子鱼抬头又看见了齐子健。他长高了，成熟了，但是眉眼间依旧是当年的那个少年。

齐子健看着宋子鱼，他们突然笑起来。雨下得很大，震耳欲聋。齐子健挪到子鱼旁边，大声说，没想到遇见你。宋子鱼想说什么的时候，却发现齐子健的眼圈红了，于是眼泪先于所有的客套话流了出来。她只能点头，使劲儿点头。然后她抹了抹脸，说，你好吗？齐子健点头，说，好，你呢？宋子鱼抬起自己的左手，那上面的一颗钻石割破了岁月。齐子健抿着嘴笑了一下，唇线上扬。宋子鱼定定地看着他，说我现在很幸福。齐子健张了张嘴，始终没有说什么。

他们站在桥下很久，中间隔着路人甲乙丙丁以及长长的流年。宋子鱼的手机突然响起来，里面传来林森着急的声音，说子鱼子鱼，我马上要蹭到你那个天桥了，到主路来，上车我们走。宋子鱼回头对齐子健说，子键，我丈夫来接我了。我先走了。齐子键点头说，好，注意安全。宋子鱼撑开伞跑了出去，雨水打在她的胳膊上，很凉。她没有回头。

子健看着她跑上了一辆银灰色的别克车。他的心剧烈地疼了一下，就像丢了一件陪伴自己很久的东西。舍不得，但是也合情合理，无可奈何。

雨依旧没完没了地倾盆而下，他们谁也没有说再见。

相爱相杀

"啪!"素喜一巴掌拍在梁木脸上,在梁木微微愠怒的注视下,她惊坐起来。耳朵里有噩梦嘶吼过的痕迹。周围很黑,脖子周围有细密的汗,她就这么坐在黑暗里,看着窗帘后面蠢蠢欲动的城市灯光,窗帘被暖气吹起,慢动作一样地在热度上蒸腾。

梁木坐起来,打开灯,脸上还有被素喜拍红的痕迹。他摸了摸素喜的后背,说睡吧。素喜却没有理他,爬起来光着身子去了厕所。她没有开浴室灯,一屁股蹲在浴缸里,点了支烟给自己。思绪在素喜的脑子里乱窜,她觉得自己不再可以控制自己的身体。

梁木关了灯，走过去推开厕所门，轻轻靠着门看着素喜，她的灵魂隐藏在层层烟雾后面，若隐若现，苍白又空洞。他就这样，站在一片黑暗里，看着素喜熟练地吐着烟圈却不自知。她的眼神和唇齿间，刻着佟宇的影子。

梁木走过去，塞了个枕头在她的后面，说小心着凉。素喜依旧没有说话，也没有看他。梁木走回床边，床头柜上的电子表嘀了一声，3点整，冬季的夜晚总是分外漫长。梁木缩在被子里，喉咙间梗着酸楚。这样的夜晚他已经陪着素喜过了34个。他真的恨佟宇，他本该给素喜幸福。

那梁木自己呢？他又在这个长达8年的无果爱恋里，扮演了什么角色？素喜终于属于他了之后，却只剩一个支离破碎的壳。梁木等了很久，也没见素喜回来。他再一次翻身下床，看见素喜已经在浴缸里睡了过去。他走上去摸了摸她的鼻息，长出一口气。梁宇把素喜抱回床上，他们离得很近，他却感知不到任何素喜的气息。他总怕她也就这么走了。悄无声息的，好像从来未在这世上存留过一样。

　　梁木看着素喜的脸，突然想起高二上学期的那一天，素喜神秘地冲他笑，说梁木，你相信一见钟情吗？梁木下意识地摇头，素喜说，我信。然后那个晚上他跟着素喜偷偷去了学校后面的小酒吧，见到了穿着一身白衣的佟宇。他站在吧台后面，看向素喜的时候，眼神里有绵长的留恋。

　　梁木刹那间明白，从这一刻起，他失去了素喜。这之后，梁木再也没有长时间地分享过素喜的生活。见到素喜的时候，佟宇的名字也会霸占掉几乎所有的谈话。七月的一天素喜烫了头发，大波浪垂在腰际。梁木在校门口看见素喜一步一步走近自己，阳光照在素喜的脸上，那么明亮。他觉得，是吧，也许佟宇真的可以让素喜幸福。

　　那天不出意料的，教导主任到班里点走了素喜，之后一周的升旗仪式上，素喜被全校通报批评。她站在队伍里微笑着听了处分，转头冲梁木吐了吐舌头。梁木的心很慌。他觉得素喜不会再回来了。果然那个下午，素喜离开了学校，再也没有回来。

　　梁木跑到素喜家里，看见了她依旧喝得烂醉如泥的爸爸。梁木大声质问素喜的去向，她的爸爸一把推开梁木，锁上了门。梁木跑到酒吧去找佟宇，另一个酒保说，他辞职了，不知去向。从此这两个人，消失在梁木的生活里。那一年，他17岁。

　　再度有素喜的消息，是梁木23岁生日的前一天晚上。素喜说，梁木啊，生日快乐。梁木抱着话筒，泣不成声。素喜说了个地址，梁木抓起衣服跑了过去。素喜说的地方，是一栋老式的筒子楼，周围有杂乱的摊位和穿着暴露的女人。

　　梁木走上那条木质楼梯的时候，陈旧的木板在他的脚下幽怨地叹着气。素喜穿着一条白色的真丝睡裙，站在门口等他，头发依旧大波浪一样地垂在腰际。正如当年她转身离去的时候一样。素喜叫他，梁木。梁木盯着她的眼睛，话语嗫嚅在唇边。素喜又叫他，梁木。梁木疾走过去一把抱起她。素喜轻呼了一声之后，也就这么任由他死死抱着。梁木勒得她喘不过气，但是就好像只有这样才能表达长久堆积的情感一般，素喜也没有挣扎。那天晚上，他们一起在这个出租屋里坐了半小时。梁木问素喜，为什么？素喜说，不知道。素喜说她一直都在这个城市，只是和佟宇一起去了别的区生活。梁木说，你好吗？素喜笑着说，好啊。梁木说，为什么找我？素喜的脸呼的一下暗了下去。

时间走在空气里，发出窸窸窣窣的声音。素喜说，梁木，我怀了佟宇的孩子。梁木坐在沙发里，没有说话。素喜说，梁木，佟宇不要我了。梁木看着素喜瘦弱的肩胛骨，没有说话，他起身放下钱夹里仅有的3000元，头也不回地走了。秋夜很凉，一如他倾泻的泪。

素喜再度消失在梁木的生活里，只不过这一次，是梁木先走了。梁木看着满城的树开始毫无留恋地落叶，觉得还是当一棵树好，只要不死，就可以恒久地得，再恒久地给。

进入冬天的时候，再想起素喜，梁木好像已经没有那么疼了。就像悬案终于落幕了一样，虽然悲伤，却好歹有了结局。然而一个人住在你心里，生根，发芽，穿透你所有的神经，和你的血交融。这是你无能为力的，你只能死去，才能断了它的根儿。素喜依旧在夜晚蔓延在梁木的身体里，和他共生共息，侵蚀他的梦境。

冬季过半的一天夜里，梁木家的电话再度刺耳地响起，梁木心突然很慌，跑过去接电话的时候，拖鞋都被踢飞了一只。电话那头很嘈杂，一个中年男人大喇喇地说着你是受害人家属吗？这三个字说出来之后，梁木的脑袋彻底蒙了。

他不记得自己怎么跑去了那家酒吧，他看见黄色的警戒线上闪烁着红蓝相间的警灯。有一个男人躺在那里，浑身是血，脸上盖了件衣服，衣服上的血迹混了土。他抓过身边的人问这是怎么了？没有人回答他，都在忙着看热闹。他挑起警戒线走进去，两个警察走过来拦住他，他说我接到了电话。

说到这里之后，他再也没有勇气往下接。警察对他点点头。带他走进了酒吧，他一眼就看见呆坐在沙发上的素喜，嘴里默默念着什么。梁木跑过去，他摸摸素喜的脸，说素喜，是我。素喜看向他，眼里却再也没有了光。她低下头，嘴里不停地默念，2××××××。梁木的眼泪哗地流下来，那是他家的电话号码。

佟宇死了。误伤。抓住杀人犯之后，他们才知道原来杀错了人。素喜那天穿了新裙子。打胎之后，钱还剩下一些。她跑去街边的店里，给自己挑了一件浅粉色的裙子。她想着养好了身体，干干净净地站在佟宇面前，让他再好好看看自己，让他再好好爱上自己。她想告诉他，没钱养孩子，就不要了。她没关系。

于是那两个月里，素喜每天都很早睡觉，煮鸡蛋给自己吃，告诉自己要坚持。那个晚上，佟宇出门倒垃圾，被迎面而来的两个人快速地扎了几刀之后，就这么死在路边，素喜轻快地走过来的时候，看见了垂死的佟宇。她呆坐在路边，丧失了所有感觉。

　　那个在素喜身边大口喘息的男子，给了她人生第一份也是仅有的一份爱。他在吵闹的酒吧里悄悄地说爱她，他拉着她奔跑在夏夜的街，说丫头你跟着我，我们跑到死都不分开。他在夜市上给她买会发光的发饰，他攥着她的手，手掌温热。他们分吃一碗面，他们只有一张被。他们因为贫穷而吵架，却在夜晚的黑暗中相互拥抱。无论如何，他们还有爱。

　　现在，佟宇死了，这一切的一切，全部清零。梁木领素喜回家的时候，正对上子鱼迅速降温的脸，他说子鱼我们分手吧。对不起。这之后，梁木的世界里，终于又只有了素喜。他们在一起过了两年零七个月，又一个冬季要来的时候，素喜死了。

　　她所有的脏器功能都衰竭。急速地死去，连一句话都没有给梁木留下。那天从太平间出来，梁木站在街边。华灯初上，有穿着鲜亮的男女大笑走过。他算一算，自己也才20多岁而已，却好像把一辈子都过完了。梁木缓步走进车流，再也没有了忧愁。

在腾空的一瞬间，他想起了素喜的脸，那是15岁的夏天，她说你好，我叫素喜。晨光穿进窗照在她的左脸，梁木呆呆地看着她，一句话也说不出来。其实他一直都没告诉素喜，他比她早知道，这世界上，有种爱情，叫一见钟情。

身体记忆

周一，苏北在车水马龙的大街上拦的士。等了20分钟，其中三辆车拒载，一辆车不顺路，综上所述，一无所获。阳光洒在她的左脸上，空气中有尘土的味道。她下意识地掏出手机，想发条短信给芒远吐吐槽，滑到通讯录M区的时候，苏北突然想起自己删掉了芒远的号码。现在那一栏，只孤单单地写着麦当劳订餐电话而已。于是苏北想找找其他人，却发现居然没有一个人，能让她一早起来就没头没尾地发短信。在她发呆的瞬间一辆的士在她面前停下，车里的乘客开门走下来，苏北急匆匆地坐进去。和师傅说好目的地之后，她浅浅地叹出一口气。

这天之后的很多天里，苏北开始学着习惯没有芒远的生活。他们两个人最后一次联络，苏北在首尔。自此之后，人海茫茫，再也没有了彼此的消息。苏北和芒远认识很久，久到彼此了解对方都比了解自己多。

17岁那年他们一起出国闯荡。两个人在飞机上坐了邻座。聊到最后发现居然是同校不同专业的同学。于是很自然地，在没踏上陌生土地之前，两个人在3万英尺的空中就结下了混合着陌生与熟悉的友谊。

求学的日子是清苦的，但是有芒远在身边，苏北也不怎么担心。他们在住了半年学校宿舍之后，找了个更便宜的两居室住下来。那时还不流行什么男闺密，对于苏北来说，芒远是她除了爸妈唯一可以将身家托付的那个人。这是福气，因为这样的人，一辈子也遇不上几个。

学校的作业很多，有好几次苏北需要在图书馆里一坐就是一个晚上。芒远就坐在她的左边，在她烦躁的时候掏出保温杯，倒一杯自己煮的普洱茶给她，然后拍拍她的手，继续低下头看书。

苏北会写小条给芒远，说小孩儿我们吃宵夜去吧。然后两个人收拾书包，踏着夜色走到学校旁边的麦当劳，苏北吃麦香鸡，芒远吃双吉。薯条两盒倒在一起，两只手在上面抓来抓去。苏北和芒远说着班里的事儿，芒远一边笑一边把番茄酱挤在薯条上。

周末的时候两个人要么蹲在家里看电影，要么就一起开车去菜市场买补给。苏北饭做得很好吃，所以洗菜刷碗这种事，一直是芒远的任务。苏北只负责炒菜和吃。苏北的妈妈很喜欢芒远，觉得这个男孩子长得干干净净又踏实。芒远的妈妈也很喜欢苏北，觉得小姑娘很懂事，又能照顾芒远，做饭给他吃。

但是苏北和芒远知道，他们是亲人。苏北生病的时候，芒远会把一切都帮她打点好。下雨的时候，苏北会跑到车站去接没带伞的芒远。每天晚上，他们都会互相等着对方安全归家。他们两个人的家。

他们两个人在一起的时候，不用担心会被这个世界遗忘掉。喝多了不用担心没人管，天晚了也不用担心没人来接。在这个完全陌生的国度，至少这两个人会互相照顾彼此，会互相寻找彼此。他们不计得失地为对方着想。这比爱情更重要。

后来苏北恋爱了，对方是个笑起来左边嘴角会微微扬起的男孩。苏北很快乐，但她也少了很多和芒远在一起的时间。再后来苏北搬走了，搬去了男孩的房子里。他们在一起两年，直到最后苏北回国。这两年里，苏北经常跑回她和芒远一起住过的公寓楼下坐一坐，看着街上的人走来走去，想着自己和芒远每天迎着霞光在这条路上来来回回的身影，芒远也搬走了，住回了学校的宿舍。

他们还是每天都会见面，一起吃午饭，聊天，偶尔去看个电影。他们每天发大量的短信，说很多话，在一起大声笑，躲在彼此身边要温存。但是什么东西溜走了，他们都没有察觉。

　　回国的那天，苏北哭红了眼睛，她在前一天和男朋友分手。因为彼此都明白，这一去一留之间，爱情是保不住了。芒远站在她身边，掏出纸巾递给她，然后拎过她的箱子，哗啦啦地推起来，苏北跟在她身后，纸巾湿了一张又一张。芒远转身走回来拉着她，两个人一前一后地走着。那个时候苏北想，幸亏还有芒远。芒远想，幸亏苏北还有我。于是他们还是亲人。仿佛这两年的抽离并未改变什么。那年他们22岁。

　　一个城市说大也大，说小也小。大的时候，人散进去，一辈子也遇不到，小的时候，恨不得转个角都能遇见个两三次。可惜，芒远和苏北，属于前一种。

　　回国之后就开始工作的两个人，一个在城东，一个在城西。中间隔着很多的楼房，还有嘈杂的马路。开始的几个月里，他们会频繁见面，不远万里的，不计成本的。后来这样的劲头就变成了一个月一次，两个月一次，半年一次。他们的短信越来越少。也许是生活不在一个频率了，也许是家人朋友在身边之后，心房里住着的寂寞搬走了。直到有一天苏北发现自己已经3个月都没有给芒远发过一条短信，她突然慌了。

他们约在城中的一家小咖啡馆见面，黄昏时分，两个人坐在了彼此的对面。苏北发现芒远抽烟了，他也不再爱喝可乐而是喜欢喝汤丽水了。她还发现，芒远的左手中指上套了一个素银色的戒指。芒远看见苏北盯着自己的手，笑着说我二月的时候和女朋友订了婚，想十月的时候办婚礼。

苏北笑着点头说恭喜恭喜，但是心里却迅速消化着这句话里面的内容。她并不知道芒远有女朋友，也不知道芒远订婚。芒远说完这句话之后，就开始和苏北说着工作上的琐事。他并没有邀请她去参加他的婚礼。

苏北突然发现芒远现在对于她而言，和一个陌生人并没有什么两样。两个相熟的人陌生起来，要比两个原本就陌生的人来得更决绝。苏北礼貌地点头应和。

他们聊了一个半小时，苏北和芒远默契地抬手喊了声麻烦您买单。芒远笑着说，我来吧。苏北点点头说好，下次我来。他们站在街上拦的士，苏北问芒远，哎，小孩儿，咱俩认识多少年了？

芒远咧着嘴笑，说你好久没叫我小孩儿了。苏北耸耸肩，说你在我眼里本来就是个小孩儿。芒远笑，说拉倒吧，当年咱俩一起回国的时候，要不是我，你找得着登机口吗，哭得眼睛肿得跟大桃子似的。说到这儿之后，两个人都沉默了。

不过这个问题也着实让他们都沉默了一会儿，不是为了什么别的原因，而是两个人真的都在认真地算。芒远说，今年是第9年了。苏北点点头说，可不，缘分啊。然后他们说着电话联系，彼此分别。

从那次见面之后，他们没有再怎么联系。十月的时候芒远结了婚。苏北那时候在广州出差，之后看了微博才想起这件事。在下面留言说恭喜了。芒远回，谢谢你。然后那一年的春节，苏北去首尔过年。在南山塔下的小旅馆里收到了芒远的短信。上面写着芒远祝您新春幸福，阖家欢乐。苏北突然不知道回什么。已经真的到这个地步了吗？互相发群发的问候短信，这样的地步？

　　苏北回了一个谢谢，也祝你全家幸福安康之后，删掉了芒远的号码。但是在她的心里，始终好像只能和芒远说些心里话。因为芒远看见过她最落魄的样子。他们在那间合租屋里度过了一辈子仅有一次的青春。在苏北看来，青春结束在22岁那一年。这之后的每一天，她都过得比那之前要成熟。所以那些肆无忌惮的岁月里，芒远是她心底里最后的底线。这么深刻的烙印，居然就这样被岁月擦得一点儿都不剩了。

　　芒远不再出现在苏北的生活里之后，苏北总是会有突然想说什么的冲动，拿过手机，打开微信和QQ，扫一圈联系人之后瞬间作罢。久而久之，苏北学会了应对自己的这种冲动，但是她无时无刻不想念芒远。

　　芒远彻底走出了苏北的生活。但是苏北的身体里活着另一个芒远。不知道芒远是不是也一样。

忘记你是一场连环局

12：05，午休时间。

李建路过会议室，突然听到了擤鼻涕的声音。他朝里看了一眼，看见蹲在角落里抹眼泪的宋子鱼。他刚想推门进去问问，想了想又停住了要去推门的手。转身走进茶水间，拿了一瓶冻奶茶。

李建推开门，宋子鱼还蹲在窗户根底下。30层的高度，落地窗外看得见城市的脑袋顶。天很阴，一副要下雪的样子。子鱼看见李建走进来，一伸手要过了奶茶，冰在眼睛上继续哭。李建坐在子鱼对面的椅子上，他们隔着一张圆形的会议桌。子鱼认真地抹眼泪。

眼泪流到结束的时候，宋子鱼站起来，说李建咱吃饭去吧。于是两个人一起坐电梯下楼。电梯里人很多，夹杂着每个人身上的味道。宋子鱼顶着肿眼泡礼貌地和同事问好，李建站在她后面夹缝中继续玩着手机游戏。正是大战的最后一回合，相继飞奔而出的小怪咬秃了李建辛苦保卫了29回合的萝卜君之后，他深吸一口气遗憾地吐了出去。他想起不知是谁说的，人世间最大的悲哀，就是曾经你有一个萝卜，可是怎么都保卫不了。

两个人走到公司对面的韩餐馆里，李建点了亘古不变的蔬菜拌饭，宋子鱼继续推陈出新地选择了店里新出的五花肉牛肉双拼石锅拌饭，加上两个人都喜欢的免费大麦茶。李建一边给宋子鱼倒茶，一边和她聊着昨晚看的电影。宋子鱼小口小口地喝着温暖的大麦茶，心里盘算着会不会下雪。好像刚才发生的一切，是泡沫里的幻觉一样。哧的一下就消失在空气中，留下许多飞舞的沫沫。

李建不会问子鱼她为什么哭，他觉得每个人心里都有不可碰触的地方。宋子鱼也不打算给李建描述自己心里的状态，因为那得花个三天三夜还不一定能说完。宋子鱼在11：50的时候被瞬间戳中泪点。事情原因说都说不出来。太微小，又太庞杂。

老朴QQ信息嘀嘀嘀发过来的时候，子鱼正为了背板图文字的最后一个竖弯钩而纠结，在软件里调来调去，怎么都找不好间隔的尺度。她顺手打开QQ一看，老朴说要改密码，让她帮着回个邮件。打开页面的同时，宋子鱼一想，那正好了，把自己的QQ也绑定手机得了。步骤很简单，回答三个问题，是五年前自己设定的。设定了之后，就再也没有用过。

其中的你高中老师的姓名，你高中的入学时间，她都顺利地答了出来。最后一个问题是你伴侣的生日，宋子鱼一下子愣住了。时至今日，她都没有一个能够称之为伴侣的人。而后的零点零几秒，她脑海中突然闪现了一个人。生日输进去之后，敲下回车键。通过。

这一瞬间，宋子鱼的眼泪唰的一下冲出来，再也止不

住。她快步低头走出办公室，推开会议室的门深深地蹲了下去。答案是吴桐的生日。宋子鱼最后一次联系他是三个月之前零几天，那次之后，宋子鱼第N次地在心里送走了他。只不过这次不同以往，她删掉了吴桐所有的联系方式：QQ，电邮，微信，电话，家里的电话，以及地址邮编。

很奇怪的是，删掉之后，她居然一个也没有想起来，努力地回忆，也只能想起他的电话里好像有两个零，有六，有三，其他的再也想不起来。他们在一起纠缠了10年，像过了一辈子这么久。真正蓬勃的也就只有那三年而已。其间还夹杂着青春的懵懂，长久的分离和用心涌动的眼泪。

从15岁纠缠到25岁，宋子鱼的世界里只有他俩。日子过得一清二白，除了自己的家人，每天都要想起来的人，是吴桐。他们在一起，他们分开，他们又回到彼此身边，他们再也感受不到爱情的温度。10年，太多的东西来了又走了。看着爱情缓慢地停止呼吸，是件再痛苦不过的事情。再多的回忆和想继续过下去的温存也救不活它。爱情死了，就是死了。

　　如今宋子鱼27岁，在不小的公司有个不上不下的工作。稳定，安然。冬天不冷，夏天不热。银行卡上的数字稳健地增长，再也不去向谁讨要安全感。这两年里，她和吴桐不停地挣扎，不能再相爱，也想做朋友试试看，可是又忍受不了彼此展开新的生活，于是不停地屏蔽对方的朋友圈，又打开，再屏蔽，再打开。话越来越少，眼神开始躲避，想一走了之又被心里的回忆刮得声嘶力竭。

　　就这么疲惫了两年之后，吴桐的朋友圈里开始传出新女友的照片。宋子鱼看到的一瞬间，知道自己终于可以走了。她居然有如释重负的错觉。唯一遗憾的只是自己好像转身得比吴桐慢了那么一丁点儿。那天晚上，宋子鱼抱着膀子哭了很久，然后继续刷牙洗脸爬上床睡觉。没有失眠。

　　她又一次地屏蔽掉了吴桐的朋友圈。这一次，她坚持了一周没有再点开他的头像。3个月前的一个晚上，吴桐打电话给宋子鱼。那时候是11：30，宋子鱼正躺在床上刷微博。吴桐的声音里有醉意，他说子鱼我想你。然后两个人对着电话哭了半个多小时。其间吴桐一直重复这一句话，为什么就回不去了。宋子鱼也一直重复着一句话，嗯，回不去了。寥寥数字，里面有着无论如何也打不破的魔咒。宋子鱼说，吴桐，挂了吧，太晚了。快回家。

宋子鱼挂了电话，坐在床上发呆。过了一会儿，她删除了所有关于吴桐的联系方式，心里莫名地想做这件事。她自己都被自己吓了一跳。这之前的很多年里，宋子鱼都试图去做这件事。但是一直没有成功。她每向吴桐相反的方向迈出一步，就又返回头向吴桐走近两步。总也走不远，总要再回来。两个人发誓不再联系一共有多少回，宋子鱼数都数不清。一般这种决心下了之后的一分钟不到他们都会反悔。可这一次，所有的动作一气呵成地做完，3分钟而已。10年的光阴，在3分钟里结束了。

宋子鱼躺在床上一琢磨，真是亏啊。从那天以后，宋子鱼再也没有想过吴桐，也没有再梦到他，更没有在某个瞬间忽然想起他。于是她想，也许这一次，是真的可以结束了。

这场盛大漫长的退场，终于要落幕了。可是就在输入吴桐的生日之后，宋子鱼才发觉，其实什么都没有改变。一刹那，她突然感到绝望。

这就像是一个永远走不完的连环局，都是她自己给自己埋的雷。不定期地踩上去，炸得天花乱坠。她忽然想起自己换下来的每一部手机里，都还有吴桐的电话，家里那一抽屉信纸上，还有吴桐的笔迹。这么算下去，什么时候是个头呢？回忆不在脑海中纠缠了之后，变成了一个个的物体定时炸弹，在不明时间，不明地点冷不防和着回忆轰然炸响，让宋子鱼五官尽失，痛遍全身。

可是她发现，这痛苦并不能让她疼很长的时间。她的理智回来得很快。没有不吃不喝地沉沦于痛苦，那疼痛像阵痛一般，来去匆匆。

在他们拌饭吃到见底的时候，窗外开始下雪。宋子鱼和李建两个人哇来哇去地咋呼了一阵。想着下午还要开会，赶紧扒拉完碗里的饭，一抹嘴结账走人了。

我只想和你在一起

友人A。

他让我从此以后无法再平静地直视A这个字母。对于剩下的25个字母来说，都是代码，可以代表胸围，代表维生素，代表拼音首字母，但是A在我心里只能代表他，别无其他。

当A有什么好呢？电话簿里永远第一位。我当时觉得起这个名字真的太有心计。属于自然而然要站在第一个的那一类人。那么我跟友人A都干了什么呢？没什么特别，搓堆儿考试和随机分班之后我们出现在彼此的生活里，3瓶啤酒让我觉得这人简直帅气得后脑勺散发万丈光芒。然而那么多年过去了，友人A已经变成了记忆中的一枚大尺寸文身。面积大，时间久，想去掉有点儿疼，所以我也就任由它自由发挥到现在，于是他依旧傲视我所有的记忆，因为目前没人比他给我留下的印记更深。

我们最后一次有深刻印象的一瞬间，是他的手在我的大腿上留下的温度。不要多想，我们都穿着衣服，坐在出租车后座上，在车靠边的瞬间他使劲儿捏了我的腿一下，说我先下了。然后我看着他的背影消失在地铁口。

当时我想的是，干吗捏我腿，挺疼的。但是因为车上还有别人我也没有想太多。车开了一会儿之后我又想，怎么今天没拉手呢，唯一的接触只有那一下下而已。如今想来，我应该和他一起下去，说我也惦记你呀，我们一起再玩儿会儿吧。所以你看，爱情里的傻瓜，有你有我也有他。

友人B。

哦，说起这个友人，我们已经友尽了。属于自然友尽的良好案例，没有咎由自取，没有你要好自为之这样的道别。就是长大了。不能一起愉快地玩耍了。但是友人B和我也经历了不可磨灭的一夜。

那时候她怀揣着一颗破碎的心坐了一夜的火车来找我。但那时候我们两年没有联络了，天知道她怎么就能断定我没有换手机号，还有一定就能见到我。不过在那个夏天的清晨6：00的阳光里，我看见了她，一头波浪大长发，穿着个粉色的运动裤，脖子上挎个大相机。我过去抱抱她，然后带着她去肯德基啃汉堡。那时候很穷，啊对，我现在也不富裕，但是那时候更糟糕些，所以当她说我不回去了的时候，我第一反应是，好啊好啊；第二反应是，还行，姑娘瘦，我应该养得起。

那时候我们都年轻，觉得明天之后还有明天，生活就算走了下坡路我还能站起来，但是不是的，路没有下坡和上坡，只有这条还是那条而已，走上去之后，才知道很多事儿不是你想怎么样它就能怎么样的。谁也不是谁的神。

那一夜我们住在我的出租房里。她在床上发呆，我蹲在沙发上看美剧。然后她走过来，在我身边坐下，头发里有水

汽和洗发水混合的味道。我转头看向她，她开始哭泣。先开
始很小声，接着开始号啕大哭。我不知道怎么安慰她，于是
只能陪着她一起哭。一天嘻嘻哈哈地装开心外加两顿烧烤顷
刻间崩塌。

她太难过了，我知道，从我一见到她我就知道。眼泪是
咸的，然后我们吃了几顿好的，在火车站分道扬镳。她怎么
可能不回去，虽然我真的养得起她。这之后的几年我们偶尔
有一些联系，但是我再也没有能够好好地看看她的脸，然后
就没有然后了。

友人C。

目前我们还是保持良好的友谊，事实上我再过一个小时
就可以见到她。时间、地域乃至生死都尝试过分开我们。但
是至今没有得逞。所以我很珍惜她。

我们在一起的时间太长了。长得比老夫老妻还老夫老
妻。我去探望她的时候，都是冬天。唯一暖和的一次，是
四月。花开了一条街，我蹦跶来蹦跶去地和她说看这里！

去年12月的时候，我又打了张便宜机票去看她，她很嫌弃我，说好歹我也是出国了，你能不把国外当河北吗，这么随意就来了。我说我飞过来就一个半小时，机票又便宜，签证快得跟没有似的，我还能见到你，我干吗不来？去河北多贵啊。还远。

于是她依旧嫌弃地带着我逛宏大，一边逛一边说这都是你们小孩儿来的地方。姑娘属虎，比我大两岁。那天晚上她去赴约，安排我和她另一个朋友去了仁寺洞。我带着那个崔同学在各种小店里穿梭，后来我发现他居然比我还会逛。我回到家的时候，看见被子里团着个脑袋，她背对着我，说亲爱的我失恋了。于是那一夜，我陪着她也哭了一次。第二天早上她就好了。我们一人喝了一杯香蕉奶之后，愉快地去朋友的咖啡店跨年。我许了愿望，目前有实现的迹象。1号早上，我们在仁川机场分别。我坐在候机室里的时候收到她的短信，说新年的第一时光贡献给了仁川。我回哦呵，顺利吧亲爱的。于是恶趣味的我们，一起迎接了新年。

鸟人先生

27岁这天，宋子鱼盯着电脑上的报表，突然觉得应该做些什么。趁着还没老，趁着还有一点儿青春的尾巴可以挥霍。沉默了几秒钟之后，她关了报表，打开文件，言简意赅，情绪饱满地打了一份辞职报告。

走出大楼的一瞬间，她竟然觉得呼吸莫名地顺畅了一些。子鱼妈喋喋不休地说着，大概意思就是好不容易赶到要升职，不管不顾地就辞职可怎么好。做人怎么可以这么情绪化，又不是小孩子了云云。当然了，最终的话题会落在你要是找了个好人家嫁掉，不上班也就不上了，可以生个小孩也不算是浪费了时间上。

其间，宋子鱼忙着算卡里的钱。她想去个远的地方，到天之涯地之角去。

南极是第一选择，但是预算过于高。宋子鱼只是想挥霍一下青春，还没到豁命的状态。于是她选择了也不算太近的澳大利亚。现在北国是一月初。南国正好是盛夏，热得饱满又疯狂。

想定了之后，她用了半个多月的时间，办了签证，订了机票和住宿的旅馆，买了个大行李箱，带了两条牛仔裤，一条短裤一条长裙，纯棉T恤若干，外套两件，小药箱一个，鞋子三双，一双高跟凉鞋，一双平底运动鞋，一双趿拉板儿。雨衣一件，指甲剪套装一盒。还有些零七八碎的东西。就这么一箱子不满半箱子咣地装好了行李。

15天的行程短小精悍。

子鱼妈站在门边儿上，皱着眉看她瞎折腾。说了一句下下个礼拜让你爸接你去，便甩下了一个信封转身走了。宋子鱼打开信封一看，是绿绿的一大沓子澳币。她捂着嘴偷偷乐，赶紧利索地把信封揣了起来。

　　走的那天晴空万里，宋子鱼把羽绒服脱下来递给子鱼妈，说我会每天给你打电话的。子鱼妈嘴角扁了扁，说谁要你打电话啊，好不容易走了，我难得清净。然后子鱼熊抱了一下子鱼爸，说老爸拜拜。

　　坐在候机厅里，子鱼认真地玩儿着手机游戏，时不时地摸摸护照和登机牌的位置，然后登机，起飞。十几个小时的行程不近也不算太远。一路除了气流颠簸也没有什么值得子鱼心跳加快的事情。电影看了三个半。在电影尾声的时候，起落架擦着地皮刺啦刺啦地响起来。原来现在能在一天的时间里去到这么远的地方了。

　　子鱼坐在座位上悄然利索地脱了裤子，顺手塞进黑色的双肩背里，踩着她那双破旧的匡威鞋，随着客流下了飞机。

　　第一站——墨尔本。

　　子鱼拎着箱子乘上了鲜红色的机场大巴。手里的一张A4纸被她翻来覆去折得皱皱巴巴。她仔细地看着上面的说明。生怕一会儿坐车坐过了站。子鱼在空调和室外高温中循环往复地交错。一会儿冷一会儿热。

看着这个偌大的中转站，她突然想起了国王十字车站的九又四分之三站台。只不过不同的是，她的身边没有罗恩也没有赫敏。她是一个孤军奋战的哈利，箱子大得突兀。

她走到售票机旁，买了一张绿色的卡片。刷卡进站，在电视屏幕前看了半天那些密密麻麻的站名。她一边看一边照着查好的信息找站。当她终于拖着箱子住进旅馆的时候，一个上午已经快过完了。

宋子鱼掏出手机，发短信给子鱼妈。说安落，已经躺在床上伸懒腰了。旅馆房间是一个很小的一居室，有简易的厨房和小巧的卫生间。一张大床挺立在屋子中间，显得霸道又孤单。电视里播着新闻和电视购物。宋子鱼调高了电视的音量，跑进卫生间洗澡。

头发的干爽与否时常是宋子鱼衡量自己状态的标准。如果她有心情每天洗头发，说明日子是昂扬的。如果她盘着三天没洗过的头发若无其事地上街吃饭见客户，那她的生活基本已经触底。今天自己很愉快地洗了头发，子鱼想，看来旅行的第一天，不错。

她披着半干的头发走到酒店大堂里去订游玩的行程。孤独星球上说，来了墨尔本，大洋路是要去的，企鹅岛也不能错过。什么金矿之类的，子鱼没有太大兴趣。自然的造化永远比人的来得实在。子鱼看见一个传单上写着神奇土地旅游，那上面印了两只袋鼠贱萌的脸。她把那张传单抽出来，和前台的大叔说，请帮我订这个。

第二天一早，宋子鱼站在楼下等车，身边站了一对英国的小情侣和两个意大利男孩。他们默契地点点头，然后继续做各自的事情。两个人旅行的好处就在于不惧怕大段需要等待的时间。不过还行，子鱼有手机。

小巴车停在她面前的时候，宋子鱼被车身上大片的色彩震撼了。车挺破的，真的挺破的，但是颜色真给劲，上面画了一圈的彩虹。J跳下车来，拿着个夹子对着宋子鱼说，你是

Song吗？子鱼点点头。他下巴向后微微扬了一下，说上车。然后他拉开了副驾驶的门。子鱼一扬眉，他耸耸肩说，你是今天17个人里的唯一单数。子鱼说Really？他说Really。

等车里陆续坐满人之后，子鱼才明白对比的力量。一行16个人，或2人成行或4人成行。居然就这么好巧不巧地单了她一个。果然孤独需要群众的烘托。

J在我身边，蓬勃地开着车，一路上用打了鸡血一样的声音对着麦克风说，看，市政厅，看亚拉河，子鱼突然羡慕起他来，每天做一样的事儿去一样的地方说一样的话他居然还能这么有热情。今天这站，是去企鹅岛。两个小时的路程。太阳怒放在天边。

J在和大家讲解完行程之后，就关掉了麦克风开大了音响，音乐流了出来，子鱼有了在路上的错觉。可能是子鱼眼睛里突然容光焕发，J问她，喜欢公路旅行，是吗？

子鱼说太喜欢了。一直开到死就好了。J一边笑一边小心地降慢了车速。子鱼小声说不好意思啊，你可以使劲儿开，我相信你，咱们死不了。我就是形容一下。J笑而不语。

子鱼心想，果然不太会聊天。中文都聊不明白，英文更歇菜了。

阳光好得不行，车里的冷气呼呼地吹，隔开了它的温度。子鱼忍不住伸手去摸了摸玻璃，温吞吞的。

今天39度，但是企鹅岛晚上会很冷，你有厚衣服吗？J说。

子鱼低头看着两条溜光的大腿，脸上露出了吃惊的表情。J一挥手，说没事，你没有，我有啊，后备厢好几件呢。子鱼点点头说，服务真周到。

车开到高速上的时候，车后面开始没了一开始的热烈。大家七七八八地睡过去。J说你不困吗？子鱼说困，但是和司机聊天是副驾驶的职责。

他们开始了轰轰烈烈地找袋鼠游戏。不过现在宋子鱼知道了，袋鼠只有傍晚的时候才会活蹦乱跳地出来溜达。但是他们还是一起瞪着眼睛说着不着边际的话。

J问子鱼，怎么一个人出来旅行？子鱼说没有什么原因，就是觉得应该出来走走。J说，真酷。子鱼说，我也这么觉得。

中间停在了一个小河边。J跑到后备厢里拎出了几个车载小冰箱还有保温瓶。他说三明治、茶、咖啡、巧克力粉随便取，在这儿吃个简餐。

这是一条很小的河流，水面上有蠢蠢欲动的大鸟飞过，而草地茁壮地绿着。子鱼一盘腿坐在了岸边，等着同伴们拿完了自己需要的。她爬过去抓三明治。J递给子鱼一瓶喷雾，说你喷喷胳膊腿，以防一会儿被虫子吃了。子鱼说服务真的太周到了。

先加了奶，再加茶，搅拌的时候飞进去一片灰尘。子鱼盯着它看。然后一仰脖子喝尽了。J坐在边儿上，笑着说味道怎么样？子鱼笑着说，土味儿。爬回车里的时候因为肚子里有粮食，感到底气很足。子鱼快乐地和J说，吃饱了心情就是好。

车又继续开了20分钟，停在了一个小动物园里。子鱼走进门口的餐吧，站在了冰激凌柜台前不动窝了。巧克力口味应该会很不错，看着就浓厚，长得喷香四溢的。不过没看多久，子鱼就被J拎着后脖子拎到了队伍尾，他说你来了难道就为了吃吗？宋子鱼一瞪眼挣了出来，虔诚地花了两块钱买了袋鼠食，跟着人群兴高采烈地去喂袋鼠。

三三两两，蹦蹦跳跳，是子鱼对袋鼠的印象。这源自动物世界，但是看见趴在树下阴影里的那一群又一群的生物时，子鱼想起了她自己的狗赖唧唧的样子，觍着个脸。宋子鱼捧着食物站在一只袋鼠前面，它脖子都懒得抬起来，于是子鱼蹲下去喂到了它嘴边。它伸着一只爪子把着塑料盒子边缘，吧唧吧唧地嚼着。骄奢淫逸。这是子鱼最后对它的评价。

子鱼需要个帮着照相的，J好脾气地跟在后面东跑西颠。这小伙儿长得挺俊的，她觉得这小两百刀花得挺值得。

羊驼在另一个圈里。子鱼看见那三个货的时候，喜悦之情溢于言表。她拉着J说，你看你看。J说，什么？子鱼说你不懂，然后扬着手里的饲料，默默地呼唤它们。等了几分钟之后，这三只白花花的羊驼整齐地向子鱼奔过来。

坐在车场的树荫下，两个人等着队伍回来。他说Song，你真是个快乐的人。太阳迅速撤离的时候，车开到了海边。夕阳在身后，海浪在轰隆隆地拍击着崖壁。他们缓慢地行车，以便观看草丛里的小袋鼠和天空中盘旋的鹰。

J和大家介绍着这片地域。他说他总是希望变成一只鸟，这样就可以站在高处俯瞰世界，也可以站在海中的礁石上，把浪看得更清晰。宋子鱼默默地笑，和J说，你的愿望是变成一个鸟人。这真可贵。

企鹅很谨慎，总也不肯从海里冒头。宋子鱼裹着J救助的大衣瑟瑟发抖地坐在看台上。海鸥们在大风中起飞，然后就像被冻住了一样悬浮在空中。子鱼忍不住笑出来，真的好傻。J说，这是它们每天都玩儿的游戏。子鱼突然觉得鸟也挺孤单的。

这之后，终于看见了排成行的企鹅谨小慎微地跑出海，摇晃着跑向沙滩深处的巢穴。青壮年企鹅大胆地走在前面，面对着海风和海鸥，勇敢地迈着脚步。它们身后跟着自己的爱人伴侣，就这么一脚深一脚浅地向家里跑去。每天一次漫长而危险的归巢。不论多远，不论多艰难，总要回来。对于它们来说，这是必须要做的事情，对于宋子鱼来说，这足以给她一个流泪的理由。

风很大，刮在宋子鱼脸上，眼泪很湿，贴着她的皮肤一颗一颗滚落。这世界上，总还是有纯粹的事情。她和J说。

回到车上，子鱼坐在副驾驶等着其他队友的到来。J扒着门边对她说，Song，下来看看。顿时，星空浩瀚，一览无余地展现在宋子鱼的眼前。

那是南十字星座，J说，美吧？子鱼觉得他像个喝多了的水手。他说大自然多神奇。我们能看见这样的景色，真的是福气。我说你就生在这个地方，难道你不腻烦吗？日复一日，没有终结。他说没有啊，每一天都不一样的Song。每一天都不一样。

车开了两个小时。宋子鱼看见了旅馆的灯光。她拉开车门和J说，谢谢你，再见。J说Song，你周末在城里吗？有个音乐节，我和我的哥儿们是一定要去的。你来吗？

宋子鱼问，什么音乐节？

J说，海边，草地上，现场乐队和宿营。

宋子鱼点点头说，去。J挥了挥手说，周末过来接你。

宋子鱼说，那再见吧J。

紫色门里的琳达

我拎着行李箱跟在房东太太李阿姨的后面，她乐呵呵地带着我爬楼梯，一直爬到五层。然后哗啦哗啦地打开防盗门，屋里的木地板闪着混沌的光。

这是一个老旧的楼房。李阿姨的儿子在对面新小区里给她买了个新房，于是她将这个狭小的两居室一分为二，以每间1200元的价格出租。我偶然在找房的路上，看见这栋楼单元门口的绿色铁皮门上贴了这么一个小广告，便扯下电话，相约着看房。我住在城东的小旅店里有将近一个礼拜的时间，一直都找不到满意的房子。不是太贵就是太远。

我突然不知道终于来到这里究竟是对还是不对。在旅店期间，厕所坏了3次，洗澡没有热水2次。心里想着，行不行的，今天也要走。

我跟在李阿姨后面踏进门。她乐呵呵地带我进房间参观，路过一个小客厅，白色的餐桌上放了一个细长的玻璃花瓶，里面插着一枝马蹄莲。沙发是牛仔蓝的布艺，上面摆了两个刺绣的抱枕。我心里啧了一声，觉得这个小环境舒服极了。

然后转回头，我看见了那扇淡紫色的门。

李阿姨边给我的房间拉开窗帘边说，这间房住了个姑娘，比你早来三个月，挺有意思的。每次给我房租的时候都会附上自己画的卡片。我都给留起来了。

我笑着点点头。心里想，噢，是热爱生活的人啊。

站在这个房间里，看见眼前有一张单人床，阳光像掺了水一样凌乱地洒进来，铺在空空的床垫子上。从窗口望出去，是一棵茂密的老树。写字台不大，默默横在角落里。有个衣橱，双开门的。架子两三个，简单却也足够了。

　　我说阿姨，我租了。于是我们签了合同。我付了半年的钱。李阿姨说，水电你俩自己平摊就好了。要是有什么事儿，给我打电话。我先回去了，一会儿还得做晚饭。我说好，阿姨再见。

　　然后我听见门咔嗒一声关上了。房间里静了下来。我开始铺床单，然后把衣服一件一件拿出来，带来的很多照片贴在写字台面前的那面墙上。然后我听见门咔嗒一声开了。我赶忙出去，看见一个女孩走进来。头发很黑很长，卷曲着一直铺到腰。手里捧着一个牛皮纸袋，有两棵芹菜茂盛地露出来。她穿一条水洗白的牛仔裤，上面松散地套了件纯棉白色吊带背心，脚上踏着一双人字拖。

　　我看着她把钥匙甩在门口桌上的小篓里，然后转身进了厨房。我正犹豫着开场白。她突然探了个脑袋出来说，我是琳达，你会打鸡蛋吧。进来帮我，我做晚饭给你吃。我木讷地点点头。嗯了一声就踢踢踏踏地跑进去帮忙。我说琳达，我叫李雪。她笑着一边点头一边用手腕上的皮筋扎头发。

她拿出一罐猫食说，我先去把二筒喂了，然后咱做饭吃。然后她穿过客厅打开了那扇紫色的门。我看见一只米黄色的猫咪走了出来，身上有两个黑色的圆点。琳达把猫食倒进一个白色的塑料小盆。摸了摸二筒的头。阳光透过琳达紫色的门照过来。夕阳的光金黄一片，我看着这一人一猫，突然觉得踏实。

琳达抬起头懒懒地笑着说，二筒是我捡的，打了针，很干净的。我笑，说没关系的。我喜欢小动物。以后把它放出来吧。随便跑，这样它会更舒服一点。琳达站起来，走到我的对面，双手搭在我肩上，手指细长而白净。她说，我喜欢你。晚上吃完饭，你可以不用刷碗了。我觉得心里绷着的那根弦啪的一声松弛了。我觉得安全。

我突然转身对着她的背影说，琳达，我也喜欢你。她转过来，眼里有光亮，然后她撇撇嘴，说快来打鸡蛋。那天晚上我们一起吃了番茄炒蛋、油焖大虾和素炒芥蓝。收拾完毕之后，琳达把芹菜一根根地择好洗干净，切成小块放进玻璃餐盒里。

我说你还养了兔子吗？她哈哈笑，说没有啦，这是我的零食。我说哇，真变态。琳达把菜根啪地扔过来说，呸。

我们认识了一个下午有余，却像失散了很久的朋友。我觉得可以和她分享很多事，我觉得也许我可以信任她。我觉得也许我找到了一起对抗生活的伙伴，我觉得也许未来的很多年里，我都可以等着吃琳达做的晚饭。

几年之后，二筒走失了。在一场大雪之后。那个时候我隔壁的紫色门里，早已没有了琳达。

人都有自己的路要走的，她曾经这样和我说。她说这话的时候，眼里有灰蒙的雾气。当时我也慎重地点着头，只是那个时候我并不知道，她是在和我说再见。

当你的琴弦拨动我的心房

穿过广场的时候，听见一个人扯着脖子唱歌。我这辈子没听见过这么难听的歌声。我很好奇，到底是谁，唱歌唱得这么难听还用麦克风扩音。于是我看到马克同志站在北风萧瑟的北广场摇头晃脑地嘶吼着：你说我容易吗，上辈子欠你了。周围的人没有一个停留的，大多数人走过他身边的时候，还尽量地加快脚步以至一路小跑起来。

我看着他闭着眼睛，皱着眉头，手里抱着一把破吉他。他吉他弹得还可以，就是这个嗓子真的不咋地。习惯性地搜寻着零钱的盒子，居然没看见。然后在他连续破了两个音之后，我终于爆笑出来。

马克停了下来，怒视着我说，你这姑娘，几个意思。我说少侠，你这歌儿唱得情绪饱满，苦大仇深，给个6分吧。不过你这么个号啕法，狼会来的。他愣了半天没说话，过了一会儿开始收拾东西。他把吉他斜挎在后背上，在呼啸的风里，像个落魄的剑客。

我以为他生气了，赶忙道歉说，对不起啊少侠，我这人嘴上没把门儿的，要不我给你五块钱，你别找了。他回过头，眼睛瞪得更大了，一把拉住我说，今儿晚饭你请。我一瞪眼说凭什么？他嘴角一撇说，你伤害了一个流浪艺术家真挚的感情。我说得了吧，你要是靠这个吃饭，你早饿死了。

但是正好，认识马克的那天，我从公司辞了职，心中雀跃又无人分享。我说走吧，吃火锅去。我们一路小跑地钻进了广场旁边的小火锅店，一掀帘子，看见里面跟仙境似的雾气蒸腾。马克一吸鼻子说，嗯，香。我扑哧一下儿乐了，招呼服务员，上大肉，拿大酒。

马克刚坐下，就啊的一声尖叫，我说你见鬼了啊。他指指他脚下说，小强！我低头看了一下说，那是它尸体，你放心吧，它不会伤害你的。但是马克还是不依不饶地换了座。终于都坐定了之后他说，你叫什么啊？我叫马克。我点点头说，那你叫我西姆吧。他瞪着我说，你这个人真是的。好吧，西姆小姐。我说你丫才小姐。

那顿饭我们吃掉了五盘子羊肉，喝掉了两瓶小二。饭吃得挺饱，酒喝得正好。他说他失恋了，我说我失业了。然后我们互诉衷肠，他哭得梨花带雨，我告诉他弹吉他的汉子你要威武雄壮。马克洗了把脸，回来和我说，西姆，其实我不是流浪艺人，我做广告的。我点点头说，无妨无妨。

这之后，我找到了新的工作，在城东的艺术馆里当讲解员，然后每天马克来接我下班的时候，我都会买一块餐厅里的黑森林给他做报酬。在他吃掉了300多块黑森林之后，我们就着红背景咔嚓了一张傻乐的照片。那天，他站在民政局门口，扯着脖子唱，我无法将你忘怀，我美丽的姑娘。

我一拍他的后脑勺说，难听。

微观世界

　　和安田一起去城东边的花鸟鱼虫大市场消磨时光。盛夏的北城，早晨还是要加件薄衫。胸前挎着我的小粉相机，随便呼噜了一把脸，就踩着6：00的晨雾出门了。公交车上都是爷爷奶奶们，我和安田把住了车尾的一小块天地。他握住我的手，揣在自己的上衣兜里。手掌温热，手指修长，我可以摸到他食指上的那个小小的银戒指，是我去大理的时候带给他的。

　　走进市场的时候，已经是人声鼎沸的模样了。那些小鱼，隔着玻璃，从这一头游向那一头。我们挑了两条小鱼，一条是明晃晃的电光蓝色，一条是扎眼的红色。

　　我用相机拍下了它们在水里的样子，安静得无欲无求。一样一条装在塑料袋里拎回家的时候，它们两个隔着塑料膜吐泡泡，然后我和安田在家门前的巷口分手。小蓝归我，小红归他。

　　那个夏天没有过完的时候，我们分手了。安田去了太平洋的另一端读书。

　　我把小蓝放回了花鸟鱼虫市场，它回到水里之后，很快乐。因为它本就爱着缸里的那棵水草。小红我把它放进了护城河里，希望它自由，永远不回头。

　　做一条鱼很好，7秒钟之后，记忆就会换成新的。可是人不同，安田走了之后，至今我都没有忘记他。

失神间的一眼温柔

　　早上出门的时候，空气变得很凉。树都悄悄地变了模样。我依旧眯着眼适应着浅金色的天边。

　　走到院门口的时候，看见幼儿园的七彩校车拉着一车笑哈哈的娃娃进来。司机笑得一团和气。

　　我照例到街角的那家面包店去买早点。然后在走进的一瞬间突然失神了那么两三秒。

　　店里放了丹尼尔波特的《坏天气》。回忆吱呀一声开了一道缝隙。我由于着急赶车而无暇探究一二。但是想到你的一瞬间，心里还是酸涩地柔软了一下。

　　破天荒地买了你总喜欢吃的葡式蛋挞。我早上从来不吃甜腻的食物。可是我想你了。等车的时候，由于目光无处可去只得低头看着自己的脚。在秋天开始凋零的时候，我买了现在穿着的这双黑色马丁靴。

想着以前一穿马丁靴你就踩我的脚，我居然习惯性地在腿肚子上蹭了蹭，觉得突兀又好笑。

包里装着最近在看的书。上面的大卫阿克唰唰地说着那么聪明的话，我的理想型男总是博学又低沉的男人。他们蜗居在古老的庄园里，身姿挺拔，眼里有岁月在流淌。

你学习很好的，但是低沉和你却实在沾不上边。你读的书确实很多，给我的忠告也一个一个灵验。过生日送我的礼物也是一本接一本的书。于是无论寒冬还是盛夏，蜷在公寓大落地窗下看书，这时是我们唯一不会互相斗嘴的时候。

车子来的时候，一个老奶奶在我前面慢慢地走，小心翼翼地上车，又小心翼翼地坐下。我站在她的后面，用一条手臂轻轻地环在她身后，不让人群挤她，也怕车子突然发动，她跌下来摔倒。

你总是嘲笑我的被迫害妄想症。但是我还是成功地帮你预防了那两个跟在你身后的小偷，而且不知道多少次捡起你随手扔在桌子上的手机。可是我自己却被偷了几次，手机也扔在不同的柜台上被人在身后追着喊，这位女士，你的手机。

每当这个时候，你巨大的白眼搭配上扬的左嘴角让我很想走上去戳你的眼睛。可是想想只能戳到镜片，也就作罢了。我本就是脑筋不好使的人，能被我照顾得倒霉蛋，也就只有你了吧。

车开在这个城市的北边，太阳慢慢升起来，明晃晃地照在我的脸上，毛茸茸的带着温度。

人们上来、下去，车一站一站地吭哧吭哧地停。

想起一个冬天的下午，我们还没有到达目的地，你就拉着我下车，然后指着街边的唱片店说，我要逛这个。然后接下来的15分钟里，你兴致勃勃地蹲在地上翻着唱片，

我盘腿坐在你旁边举着手机查找回家的路线。从来都是这样。

你想做什么都可以，想去哪里都可以。这是我们之间的默契，所以我终将把你失去。

冬天即将过去的那个早晨，你穿着薄衣站在繁忙的机场里。一只手插在口袋里，一只手环过我的肩膀。你不停地说着话，它们凝结在空气里。我一句也没听清。我只是不停地看表，但是一次也没记得具体是几点。所以我不停地看，直到把你送到了看不见的远方。

我跑到机场的洗手间，蹲在里面哭了个天荒地老。然后擤了擤鼻涕，大步走出昨天。我相信万物自有它的路。相识相聚相别离，都是缘分。

我走下车去，一边急匆匆地穿过人群，一边捧着蛋挞没有形象地啃着。你爱的事物，自你走后，替你陪伴着我。看到的时候，总会有一瞬间的失神和在顺势一撇中释放我全部的温柔。

这小小瞬间的迸发，让我确信，我是那样地爱过你。

飞跃彩虹

北京首都国际机场。F口。

我靠在行李车上，等着导游发护照。顺便看了一眼这19个人的旅行团。大部分都是一家三口，或者姐妹淘三两成组。只有一个高个子的男生和我一样独自一人百无聊赖地靠在行李车上。眼睛扫过他的时候，他正好也扫过来。我们相视一笑，我耸了耸肩，他指了指他身边的空地。于是我把车推过去，挨着他站。

有成员陆陆续续赶过来，我俩拿到护照之后，相约着一起走出去抽烟。玻璃门展开的瞬间，有嘈杂的声音穿过。天气晴爽，是个起飞的好日子。我说帅哥你也一人去玩？他说是啊美妞儿。

我说嘿嘴挺甜，他乐了一下点起了烟。一根烟的时间，我抽得丧心病狂，他抽得风起云淡。看来是个土象星座。不过我们没有问对方独自旅行的原因。事不关己的态度，是好伙伴的必要因素。于是我觉得，也好，这一路不会太寂寞。走进门的时候，他转过头来说，我叫林森，到时候咱俩抱团儿啊。我说得嘞，我叫宋子鱼，你去厕所需要看包什么的找我。我们把位置换在了一起。我发了个短信给吴桐，说走了，回见。

从北京到伦敦，直线距离12304.76公里，飞了11.5个小时。其间我和林森说了5次话。2次吃饭的时候问吃什么，1次填入境卡问航班号，还有2次是去洗手间。

我上飞机倒头就睡了。饭一口也没吃，飞机上的饭，胡萝卜里总有股腐烂的味道。中间被叫起来几次，我都无一例外顺利地睡了回去。林森对着屏幕上的《飞屋环游记》乐得咯儿咯儿的。我在睡梦里嘲笑了他180回。

过了不知道多久，眼前突然唰的一下亮起来，我奋力睁开眼，看见被抬起的遮光板发出了万丈光芒。林森冲我乐，说真够能睡的啊。我两眼一闭没理他。

站在机场的时候，我的眼睛还是没有完全睁开。林森掏出手机打电话，英文说得飞快。我惊讶地看着他，他冲我点点头，用口型说，朋友。一行人浩浩荡荡地上了大巴车。理所当然地，我俩又坐在了一起。

我们第一站去了约克。清晨的光景，田野中有雾气升腾。我扒拉林森说你看你看，这不就是简·奥斯丁写的那种生活吗？林森斜眼看了一眼，说你还挺小资。我摇了摇头说你不懂。我掏出手机拍下了这晨雾，用彩信发给了吴桐。我说你看，达西先生没准就要穿过迷雾走出来了。

约克这个小镇很安静。有一个古堡在小镇的中心，如果你说那里面住了个长发公主也不为过。

时光就这么静固，美得我毛细血管根根膨胀，眼睛迸发出长途飞行后矍铄的光芒。

林森踢踢踏踏地走在我后面，依旧是打电话。我乐，说哟你这是约了情儿是吗？他点点头，说是啊。换我沉默。导游在前面走，叔叔阿姨们的目光开始落在沿街的店铺橱窗上。

一个古老的CD店吸引了我的注意，橱窗里放着一张披头士的唱片。只是上面红色的Help刺伤了我的眼睛。我拍了照片发给吴桐，说你看，是你喜欢的乐队。

Won't you please, please help me.

（请你帮帮我，好吗？）

And now my life has changed in oh so many ways,

（如今，我的生活在很多方面都发生了变化）

My independence seems to vanish in the haze.

（我的独立似乎在阴霾中消失了。）

But every now and then I feel so insecure...

（但时不时的，我感到很不安全……）

这些歌词开始闪现。我加快脚步追赶匆匆向前的导游。林森这时候跑到了我的前面，拍着导游的肩膀说，哥们儿，咱们在这儿停多久？导游说，四个半小时，然后咱们上大巴去下一站。他说那我就不跟着走了，车场旁边那个酒吧您知道吧？他回手一指，我看见了一个木头门的小酒吧。导游的脸上突然绽放了一个巨大的笑容，说成，明白了，到时候你看着点儿表，两点半准时发车。

林森点点头，向后走过去。我一把拉住他，说你干吗去啊？不看看景儿啦？里面还有个Bettys呢，不吃个Hight tea多可惜啊。他指指那个酒吧，说我就在那儿，你要转完了没意思，过来找我。说完之后，头也不回地走了。

说实话，约克这个地方，很小巧，很静谧。不知道是不是因为淡季的原因。居然有萧条的错觉。走了一圈之后，又绕到了来时的那条街。看看表12：30。我走上前，伸手推门走了进去。

酒吧没有什么人，来的人也都是点了午饭三三两两地坐在座位上聊天。我开始寻找林森。林森的座位上，有一杯啤酒，一份汉堡，一筐炸薯条。我说耶？你情儿呢？他指指对面墙上，说这不是吗？

我才发现这酒吧的白色墙壁上写满了话。什么语言都有。其中有一句中文：三九与林森分手日。2012年10月17日。我说，这你怎么找到的？他打开手机，里面是三九的微博。这字的照片清晰可见。我说你现在来，晚点儿吧。他笑，说本来也没打算来，报了团发现有约克，来了之后，居然看见那个酒吧。

林森又给我看了张照片，应该是三九吧，长得清秀，正搂着个银发的男子笑得一脸甜蜜。背景也还是这家酒吧。我露出肥水流了外人田的表情。招了招手，给自己点了一份汉堡。

林森说三九是他在一次展会上认识的，展会在斯德哥尔摩，他俩在一起待了七天六夜。我说然后呢？产生了情愫？他说不是啊，第一天就产生了，然后一起待了七天六夜啊。我叹为观止。

据林森的描述，他和三九相识在开展前的晚餐会，两人彼此相视一笑的瞬间。说实话，我羡慕这种纯粹的好感。后来分手，也是万恶的异地恋而已。林森在北京，三九在约克。这段感情以两人鏖战三个月而告终。分别的时候，三九在这里写下了这句话。没有太多的情绪，只是白墙黑字地写下来而已。

我说那你这一路给谁打电话呢？他说我这边有朋友啊。在伦敦呢，等着咱们到伦敦，让他带咱玩儿去啊。我喜欢他说咱。

午饭吃得团结热烈。林森一直给我看他的照片。什么这个时尚盛典，什么那个夜店。里面的林森全都伸着大长腿，笑得很豪迈。我说小伙子你很可以啊。他点头说那是那是。旅行中热络起来的人我很喜欢，因为这种心无旁骛的情感，在现实里很难立足。

偶尔，我躲在菜单后面看帅哥。林森鄙视地看着我，我睁着眼睛冲他眨啊眨，说我第一次来这里，我好奇吗！他端着啤酒咕咚咕咚地喝，喉咙里挤出"没出息"三个字。

我说哎林森，不错啊这地方，福利大大地有。他一点我的脑门儿，说，早认识我啊，我带你在北京城找福利。我哈哈一笑，勾着他的胳膊说，你说的啊，现在也不晚啊。他乐，说你能不这么饥渴吗。

　　吃完饭之后，我俩找了个地方抽烟，我蹲着，他站着。他说你怎么自己跑出来玩儿啊？没男人陪你吗？我说有啊，就是死了。林森没有说话，我也没有。阳光照下来，我手里的烟干燥得可怜。

　　过了很久，我看见导游领着队伍浩浩荡荡地走过来。阿姨叔叔们的手里，都是大包小包的购物袋。我站起来，和林森说，走吧。在大巴车上，我发短信给吴桐，说你看，日子还在转，没有爱的人挺多的。不多我一个。有爱的人也挺多的，不多我一个。只是这些短信，全部发到了我左边裤兜里的手机上。

　　我说过，要和你环游世界。